U0588618

蒋宪平　著

岁月回声

上海文艺出版社

图书在版编目（CIP）数据

岁月回声 / 蒋宪平著 . -- 上海：上海文艺出版社，
2024. -- ISBN 978-7-5321-9095-9

Ⅰ . I267

中国国家版本馆 CIP 数据核字第 2024XF7995 号

责任编辑　毛静彦
装帧设计　长　岛
封面书法　苏振远
封面绘画　朱建成

岁月回声

蒋宪平　著

上海世纪出版集团　上海文艺出版社
上海市闵行区号景路 159 弄 A 座 2 楼　201101
上海文艺出版社发行中心发行
上海市闵行区号景路 159 弄 A 座 2 楼 206 室　201101　www.ewen.co
苏州市越洋印刷有限公司印刷
开本 787×1092　1 / 16　印张 17.25　插页 2　字数 208, 000
2025 年 1 月第 1 版　2025 年 1 月第 1 次印刷
ISBN 978-7-5321-9095-9/I · 7155　定价：68.00 元

告读者　如发现本书有质量问题请与印刷厂质量科联系
Ｔ :0512-68180638

序

　　蒋宪平同志所作散文集《岁月回声》即将付梓，嘱我作序。作为与他相知多年的老同事和好朋友，我当然义不容辞。遂通读全篇，循着他的文字，写下自己的感想。

　　宪平同志生于1954年。那一年9月，新中国第一部宪法颁布，它标志着中国社会主义法制建设的正式起步，具有重大历史意义。宪平同志的祖父，1942年就秘密加入共产党，投入家乡的抗日斗争。宪平同志的父母1950年就参加工作、后入党。父亲担任镇团委书记，后任完中校长，毕生从事教育工作。上两代人都亲历新旧两个时代，既有中国传统文化的熏陶，又对新社会抱有美好的向往和期望，自然对第一部宪法的诞生，心有欣喜和崇敬，这与宪平同志的取名，不无联系。尽管社会总是不断发展和进步，但法治社会和公平公正，始终是人们不懈的追求。这似乎与宪平同志以后的成长过程存在着某种契合。

　　宪平同志中学时期，正值那段动荡的特殊岁月，一方面自小就受到革命理想和革命英雄主义的精神教育，一方面刚跨出校门就去农村底层，感受那时生活的艰辛和劳动的艰难，体验农民群众的疾苦。在应征服役时，又因父亲的际遇，亲历到世态薄凉。这段经历，为他以后的人生，打下了坚忍、坚韧的精神底色。

在人民军队的大熔炉里，他接受了严格的纪律和严谨作风的锤炼，体会到集体主义和团结协作精神的凝聚力，使他与战友们结下了毕生的纯真友谊。四年军旅生活，是他人生中独特的宝贵体验，在他的品格和情怀中融进了军人的气质。

在又一个社会转折、改革开放来临之际，担任宜兴印刷厂团支部书记的他，被选为县城所在镇的团委副书记。那时的团组织激情高扬，组织广大团员青年宣传新时期新任务，争创新长征突击手，超额完成生产任务，积极开展社会公益活动。帮助青年一代求知求学，弥补失学的缺憾，激励青年为国家的未来作出贡献。这段团干经历，对他以后面向社会群体，具有社会协调和组织能力，提高群众工作和解决复杂问题的能力，是一段重要磨练。四十多年后，他记述与当年老团干相聚的情景，可以感受到他那浓郁的老团干情结，那也是他对青春的纪念。

从 1979 年底起，宪平同志进入检察机关工作。人民检察院是与同级政府平行的国家法律监督机关，涵盖了刑事、民事、行政等多方面的法律监督职能，以确保法律正确实施和保障公民合法权益。他从县级人民检察院书记员起步，踏过所有工作台阶，成为检察院检察长，并连任两届。2001 年初，他调任无锡市人民检察院副检察长、党组成员。在此期间，他获得无锡市检察系统第一批"优秀公诉人"和江苏省检察系统第一批"优秀侦查员"称号，并被表彰为"江苏省优秀共产党员"。1999 年，他荣获全国检察机关"人民满意的检察干警"称号，并曾四次代表集体和个人，从党和国家领导人手中领奖。

2004 年底，因工作需要，他调市委政法委工作。至此，他在检察工作岗位上度过了二十六年，这是他在政法工作生涯中最长的一段时间。他始终坚持"入检初心"，努力学习，公正办案。为了支持乡镇企业异军突起，健康发展，深挖"蛀虫"，保护"能人"，从有利地方经济发展、有利社会稳定出发，力求最佳法律效果和社会效果有机统一。

新的工作岗位，是他调任市委政法委副书记，主持政法委日常工作，并兼任市综治办主任，主持全市社会治安综合治理的组织实施工作。市委政法委，是协助市委领导和管理全市政法工作的职能部门，与市综治办合署办公，指导、协调、监督、检查政法综治各部门的工作。既要抓政法队伍建设，又要协调政法各部门和政府有关部门，妥善处理社会矛盾引发的群体性事件，以促进经济建设和维护社会稳定。

宪平同志经过认真调研和外出取经，找准工作定位，厘清工作思路，集思广益，向市委、市政府提出了具体工作意见，经全市政法工作会议，转化为全市工作部署。同时，为加强政法队伍建设，市委政法委协同市委组织部，商定了关于市委政法委协助管理政法部门干部的意见，明确了政法队伍建设和政法部门干部管理的相关问题，以及落实各级综治领导责任制等要求。

2005年，在以前工作基础上，市委政法委和市综治办瞄准创建全省首批"社会治安安全市"的工作目标，抓各级综治委成员单位职能任务分解，通过联席会议解决疑难复杂问题。以开展"平安无锡创建成果展示评比"活动为工作平台，促进推动基层综治组织建设和工作创新，激发大家的工作积极性、责任感和创造性。当年，全市首批进入省五个"社会治安安全市"行列，无锡平安创建工作跨上了新的台阶。

这段时期，正逢无锡经济改革和城市建设快速发展，外来流动人口大量增加，社会矛盾和新型案件不断出现，企业改制和城乡拆迁等涉法涉诉不稳定因素，错综复杂，政法综治工作面临新的问题和挑战，压力很大。令人记忆犹新的，是那次主动出手，整治"搬霸"的专项行动。经过深入调研，市委政法委、综治办制定了"全市人力搬运市场整治清理工作"的方案，在市委、市政府支持下，动员政法和综治各部门，紧密配合，重拳出手，开展了为期几个月的"打击搬霸"专项整治活动。这次行动，涉及全市一百二十六个新建住宅小区，摧毁欺行霸市、猖獗一时的"搬霸"团伙二十五个，抓办涉案人员一百五十人，其中刑事处理和治安处理八十五人，极大地打击了欺压市民、为害一方的黑恶势力。这次专项行动，不仅涉及人力搬运市场经济价值一亿多元，更重要的是，直接维护了市民群众的切身利益和治安安全，彰显了司法公正和除暴安民的良好形象，人民群众拍手称快。这次专项行动，对推进城乡治安管理和新建小区的物业管理，促进平安创建和社会稳定，影响长远。在十多年后，无锡市荣获"平安中国建设示范市"称号，蝉联"长安杯"的历程中，这是一项亮眼的举措。

在市委政法委工作期间，市委决定宪平同志兼任市公安局党组书记（党委书记），三年后他调任市纪委副书记、监察局长，继续兼任市公安局党委书记。他全力支持公安业务工作，着重在公安队伍建设、制度建设和干部培养选拔工作方面，发扬民主，坚持党的民主集中制和干部使用程序，受到了公安干警和社会各界的好评。在市纪委工作期间，他积极配合主要领导工作，团结同志，坚持入检初心，发挥长期从事检察业务的专长，从预防干部职务犯罪入手，推进反腐倡廉，为经济发展大局和廉政建设，作出了积极努力，得到了市委的充分肯定。

2011年7月，宪平同志调任江苏省民防局纪检组长（副市级），又走上了新的工作岗位。他积极工作，深入基层，走遍了全省基层人防办，组织人防训练，检查人防工程建设，并针对人防系统行政权力运行特点，科学设计权力运行监督机制，建立起全省联网的省级人防权力内控监督平台。2014年初，经省委批准，宪平同志回到无锡，任市政协党组成员。

概括宪平同志的人生足迹和工作轨迹，大致是两个循环构成。大循环是从故乡宜兴起步，到南京当兵，又回到宜兴、无锡工作，再去南京工作，然后回到家乡无锡。从个人而言，也得以与妻儿团聚，便于侍奉仍在宜兴生活的年届高寿的父母双亲。小循环，则如他在文中戏称，四十年前到南京"打坑道"，四十年后又到南京省里"管坑道"，从而与"人民防空"结下情缘。两个循环，交织环绕，他的人生竟是如此奇妙，简练而丰富。既是工作需要和组织安排，在我看来，也不乏他对家庭的挚爱，尤其是对江南这方水土和生于斯长于斯的故乡宜兴，始终有着那份深深的眷恋。

在几十年来的人生和工作中，他始终坚持了"努力学习，公正办案（事）"的"入检初心"。由于特殊的时代因素，他没有接受正规高等教育的机会，这是他一直引以为憾的"烦恼"。为此，他矢志努力学习，从一名初中生，利用业余时间经过考试，取得自学考试大专毕业，继而经省委党校在职研究生函授毕业，圆了大学梦。他更是结合实践进行学习，从写作法律文书、新闻报道、法学论文入手，直到在国家级学术期刊发表文章。在学中干，在干中学，勤于思考总结，勤于读书和笔耕，不断增长自己的学识和才干。这种勤奋、坚毅的自我砥砺以及自信自强，永不言弃的进取精神，善于学习又求实务实、慎独自守又敢于担当的品格，使他历经工作变动和环境变换，都能从容自如，积极阳光。正如宪平同志所说，在这本散文集中所记述的那些往事和心路，也是社会发展的历史缩影。退休以后，有了更多自由支配的时间和逸情，这些往事就会沉淀，留下芳华和精彩。

收入这本散文集的旅行篇，大部分记录了他退休后，游览祖国大好河山和国外观光的足迹与感想。那是一种心情的自我放飞和畅想，也是另一种更广阔开拓的认知深化和精神升华。虽是游记，也仍可看到他求知求实，勤于思考的严谨风格。游览名山大川或名胜古迹，都究其历史人文底蕴；游览各国，则必究其国家、民族的历史文化和不同的风土人情。同时，我欣喜地发现，写惯了法律文书、规正刻板文字的他，却显露了如此生动优美的文笔和才情。在这些文字中，更显露了他对大自然造化的欣赏和赞美、对历史文化的探究，对生活的热爱和人生无憾的喜悦。每次读过，我都不禁马上发到朋友圈，让大家分享。

曾在宜兴生活过的宋代苏东坡，以"买田阳羡吾将老，从初只为溪山好"的诗句，赞美和热爱宜兴的山水美景。他曾在蜀山南麓买田筑屋，写下百余篇涉及宜兴的诗文，他的人文精神和风骨，为宜兴留下了宝贵的历史文化遗产，影响了世代宜兴人的精神风貌。从这本《岁月回声》散文集的情感篇、随想篇中，我们能依稀感受到这种无形的影响。

谨以此序，祝贺《岁月回声》散文集的出版！

周解清

2024 年 8 月

（作者系中共无锡市委原副书记、市人大常委会原主任）

写在前面的话

　　有人说，人到世间就是来受苦受难的。是的，此言有理。人生在世，必定要受苦受难，这是事实。但这话只说对了人生的一个方面，人生的另一方面是享受快乐和幸福。当人们用快乐的心情去看待生活，寻找乐趣，营造乐活；用积极的心态去看待苦难，化解苦难，征服苦难，就能享受人生的幸福和快乐。人生是一个过程，就绝大多数人而言，只不过几十年的时光。当人们经历过苦难，享受过快乐时光，进入平稳的老年阶段时，回首往事，回望过去，有一种幸福感会油然而生。

　　我生于1954年7月4日，属马，排行老二。据老妈说，7月4日是农历，但后来一直是当作公历的。我出生于江苏宜兴的公务员家庭，父母亲1950年就参加了工作。父亲在和桥镇团委工作，母亲在和桥镇妇联工作。他们参加工作早，结婚也早。母亲二十二岁时生育了大哥，二十四岁生了我。后来又先后生育了两个弟弟和一个妹妹。其实还有一个大妹妹，小时候寄养在奶妈家，因为是困难时期，没奶吃，饿死了。

　　和所有20世纪50年代出生的人一样，我们这代人经历了国家发展的各个困难时期，亲历并见证了改革开放的不同阶段，也享受到了改革开放的丰硕成果。

　　我的一生，似乎一直在"流浪"，插队落户农村三年，应征入伍部队服役四年，国企做工三年。当过"工农兵"后，转道"公检法"二十九年（这里的"法"不是法院，而是政法委）。后来，又转岗纪检监察工作、政协工作。从宜兴到南京回到宜兴，再从宜兴到无锡，转到南京再回无锡退休，生命在"流浪"中奔腾而升华。

　　"人不能有傲气，但不可无傲骨"，鲁迅先生这句话是我的座右铭。我的太爷爷蒋培金，是个老农民，闲时还做豆腐补贴家用。他老人家留下过一句家训："我们都有两尺半手臂，要自己靠自己，"这是祖传的傲骨精神。我是一个很自信的人，对自己始终充满信心。因此，无论组织上交给我怎样的工作，我都会信心百倍去努力，去拼搏。但，我又是一个很自卑的人，自卑于没文凭没文化。因为众所周知的原因，我们这一代人，该读书的时候没书读，是时代的"缺课者"。小时候喜欢文学的爱好和读大学当教授的梦想，都成为了泡影。在有文凭的文化人面前，我会自觉矮一截。后来，也正是因这种没文化而引发的烦恼，刺激着我不断努力，去补上短板，成为前行的动力。

　　少年时期我读到的文学作品并不多，但读到精彩的内容，都会做摘抄笔记。摘抄笔记中给我影响再深的是《钢铁是怎样炼成的》一书中保尔·柯察金说的一段话：人最宝贵的东西就是生命，生命属于我们只有一次。人的一生应该是这样度过的：当他回首往事时，不因虚度年华而悔恨，也不应过去的碌碌无为而羞耻。在那个没有书读的年代、在人生迷茫的时候、在精神空虚的时光，我都会想起这句话，也会为今后"回首往事"而着急烦恼。就是保尔的这段话，始终催我奋进，让我的人生没有虚度。

退休了，有了大把的自由支配时间，常常不由自主地回首往事。清闲时，早醒后，老友相聚时，往事如映会涌入脑海。回望曾经走过的路程，那是一行弯弯扭扭的长长的脚印：有大有小，有深有浅；有的清晰，有的模糊；有的残缺，有的完美；组成了一幅美妙的画面。时间是个沉淀池，每个人的人生都在时间的沉淀池中褪去粗糙，留下芳华和精彩。这些个人的人生往事，也是社会发展的历史缩影。人生既有"读万卷书"的勤奋，也有"行万里路"的精彩；人生既能品味，也有感悟。回望人生旅程，会有各种不同的收获：那些人生的亲历、情感和思悟，会在脑海中重现激荡，这是岁月的回声。回声，稍纵即逝，与自然界的回声一样，岁月的回声如果不加收藏，也会迅即消逝。用文字把他们记录下来，传承下去，就是对人类文明发展的贡献，哪怕只是一点点，这让我有了动笔记录描述的冲动。于是，写惯了法律文书、法学论文的我，就试着用散文的形式一篇篇写出来，尽管文字并不优美，但都是我的真情流露。能在报纸、杂志上刊登，那是编辑老师的厚爱和鼓励，给我以动力。现在汇编成书，成就了我的文学梦想。

　　回望过去，胸中依然有激情。

　　回望人生，收获岁月的回声。

　　有一种幸福，叫回望！

2024 年 5 月

目 录
contents

第一辑　往事

第二辑　情感

第三辑 随想

第四辑 旅行

第一辑

往 事

遥远的务农旧事

走上社会，我人生之旅的第一段经历，是插队落户到农村务农。那清苦的务农生活离开我已是很遥远了，五十多年过去了，但有些场景、有些人物、有些故事仍然记忆犹新，那些旧事，不会忘记。

难忘 8·20

1970 年 8 月 20 日，是我不能忘记的日子。这一天，是宜城镇欢送我们下乡的日子。一艘拖轮将我和同批下乡到新街公社（当时称公社，改革开放后改为乡或镇）的同学带到了目的地。简陋的公社大礼堂，挤满了所有下乡人员（这一批是多少人已经忘了，大约是一百多人）与亲属以及各大队生产队来接人的代表，当然还有宜城镇和新街公社的领导。接收下乡人员大会仪式很简单，公社领导讲话，下乡人员代表、家长代表表态，然后就是宣布分配名单，各生产队带人回队。那天，我的父亲作为家长代表上台发言表态，支持儿子光荣插队到农村，要求儿子好好接受贫下中农再教育，努力在广阔天地大有作为。说老实话，我当时只有十六周岁，对农村生活是怎么回事不清楚也不在乎，懵懵懂懂与其他三位同学顺良、宗晔、叔平一起被领到了彭庄大队桥南生产队。队长名叫蒋锁根，一个矮个中年汉子，一只眼有疾，绰号"辣锅子"（绰号的由来一直未弄明白）。蒋队长人很好，热情而厚道，他带了几个人直接把我们领到下乡人员宿舍，安排我们住宿。因为上面应拨的盖房款还未到，即使到了也来不及盖。我们的宿舍是临时将生产队的牛棚腾出来的。尽管牛棚的墙上已用石灰水涂刷了一下，但墙上的牛粪印迹仍然清晰可见。宿舍的东边是生产队的猪舍，西边是生产队的仓库。牛棚和猪舍都很矮小，是草棚顶，仓库有六间是瓦房。仓库的正南面是一块水泥场，生产队脱粒和堆晒的地方。仓库后面是一条小河浜，从仓库北绕向南一百多米河浜到头，即是电灌站。实际上这小河浜是人工开挖为电灌站引流用的。我们的宿舍大约十平方米，门朝南开在西边，四张竹片床沿四边墙正好顺着放，没有多余的地方。中间放了一张竹子做的台子，台面是木板拼的。没有椅子，有椅子也没地方放。个人物品放在各自床底下。生产队在仓库的西边建了灶披间，安置了锅灶水缸，供我们自行做饭之用。从灶披间西边绕到北墙边埋了一只粪缸，用稻草席围挡，在那里蹲坑方便，可览全村风貌。1970年8月20日，从这一天起，我开始了插队农村的生活。若干年后，这一天成为我正式参加工作，计算工龄的开始。

5.5 折工分

插队落户到农村务农，当地的社员给了我们很大的关爱和照顾。这是我从内心来讲至今仍十分感激的。下乡的第二天一早，好像是6

点 30 分，随着锁根队长的哨声，社员们在电灌站旁集中，由队长派工。这时，我们才慌慌张张起床，冲出去上工。说老实话，那时我们还未清醒过来，根本没有适应上工的新情况。第一天上工，就给社员们留下了睡懒觉不能自理生活的不良影响。当时的农村生产队是大寨式记工分制，男的正劳动力干一天活记一个工 10 分（加班加点另行记工），妇女正劳动力干一天活是男正劳动力的八折记 8 分，其他劳动力对照上述标准由队委会分别情况确定工分折头。给我们插队下乡人员如何记工，队委会是认真商量过的。我们务农，存在三大不足：一是力气小。相当多的农活没力气是不行的。当年，我们四人中，有两人稍大，一个十八岁，一个十七岁，我与叔平只有十六岁。在那个年代，营养普遍不足，发育都很晚。我当时很瘦小，体重只有八十多斤，穿八十五公分的汗衫背心把屁股都包住了。力气小那是肯定的。二是不会农活。千万不要认为农活是简单劳动，只要有力气就行。农活中充满了科学、智慧、技巧，真是需要拜师学习的。三是没有农具。除了大型农机具等生产工具是生产队创下的外，其他小型工具都是社员自己的。我们除了锄头扁担外，没有其他农具。因此，有些农活我们是不能做的，即使会做也得借到农具才行。所以，队长给我们派的活都是辅助活、轻活，是比较照顾的，也是很实际的。一个星期后，给我们明确了工分折头：5.5 折，即每人每天 5.5 个工分。按照当时的工分值，每个工为零点一八元，每天劳动可得零点一元钱。因为我们有六个月的伙食补贴，每个月到公社粮管所去领口粮，队里不分粮，也不给预支钱，到年底分红，我共进账了八十多元钱。虽然不多，这是我四个多月（其中还有很多次加班开夜工）辛苦劳动得到的报酬。人生第一次有收入，着实让我高兴了一阵子。随着劳动技能的增长，到第二年底，我们的工分折扣达到了 7 折。

苦练红心

用"艰苦"来形容插队农村的生活，那是一点不过分的。那种生活的清苦、农活的艰苦、精神的闷苦，没有插过队的人是无法想象的。我们插队人员生活是艰苦的，一切都得自力更生。我的插队生涯，可以用两个字概括，就是"吃苦"。而支撑我甘于吃苦的精神支柱，则是毛主席他老人家"农村是个广阔天地，在那里是可以大有作为的"最高指示。当时，我对自家的实际情况是清楚的。我父母亲工资收入不高，还要负担爷爷奶奶的生活，而我兄弟和妹妹有五人之多，家境贫穷，我必须也应该自食其力。

插队农村，首先要过的是生活关。四个小伙子，都是未成年人，充其量只能说是少年男孩，从未独立生活过，先要学会做饭，喂饱肚子，才能去干活。好在我们只做主食，不做菜，粥干了饭烂了，都没关系，都能一扫而光。插队初期，我们也学着做菜，但都做不好，而且买菜买调料很麻烦，干脆就不做菜，各自从家里带菜来。而为了方便保管，带的菜只能是面酱或萝卜干，带一次可以对付七到八天，尽管没营养，但下饭。后来，我母亲会经常买点猪油或肥肉，熬放在小罐里，给我带到乡下。当时，猪油伴饭就是我的美餐了。当然，也会有好心人在吃饭时送碗菜来，那这顿饭就吃得很开心了。有时候我们会"摇饭碗"，也就是端着饭碗到村上去串门。串上几家，菜也有了，饭也饱了。说老实话，在农村几年，因为口粮少，油水少而饭量大，加上不善自理，吃不上饭吃不饱饭，那是经常的事。那时候我们最喜欢干的活就是供饭的集体活，如修路、开河、运输等。像铜官山211工地微波站建设、宜兴到张渚公路路基建设、新街公社砖瓦厂开河工程等，我们都参加了，既挣了工分，又有饭吃，多好啊。能管饱肚子的时候，是收获山芋的季节。那时，生产队收获的山芋就堆放在我们宿舍门前的场上，那段时间我们的主食就是山芋。当然，山芋吃多了副作用很大，肠胃不舒服，好在我能承受，比饿肚子强多了。农活关也是很难过的。我插队的地方位于西氿南部，属丘陵山区，有水田，也有旱地，还有山林。种水稻，种麦子，以及山芋、黄豆等多种经济作物。真的佩服锁根队长，他什么都懂，什么时候育种，什么时间开镰，什么人能干什么活，他都清楚，安排妥妥。农活，有技能，更充满学问。说实话，干农活我们插队人员还不如农村小孩，一切都得从头学起。一些技巧性的活，我们学得还是较快的，如打农药治虫，耘稻田、莳秧等。而挑担、拆麦田（锄田）等力气活，我们就难以胜任了。还有既要有力气，又要有技能的活，那就更难学了，如罱河泥、推独轮车。能否成为正劳动力，能评上10分工，会罱河泥会推重载的独轮车是重要标准。罱河泥大家都知道，而推独轮车则是我们山区的特色。这里讲的独轮车，我们那里叫"狗头车"。独轮车是木制的，独轮直径大约八十厘米，居中定位在车架上，木轮周边包有铁皮。车有两支长手把，手把上系一条用细麻绳编织的车攀，担在肩上。独轮车只能推不能倒过来拉，车载重最多可达一千多斤，上山下山的运输全靠它。推车时，手腿肩腰全身用力，特别重要的是要把握住平衡，不然，一不小心就会翻车。一年后我才勉强能推大约两百斤重的两篓灰肥上山。在农村最难受的是精神空虚。插队落户农村是无奈的，不是我想要的生活，就这样一天挣一毛多钱的日子过一辈子？！没有理想，没有信念，精神迷茫苍白空虚。当时的年代不能多想，更不能多讲。像有的人装病躲回家吃闲饭，我做不出来也不想做。像有的人找关系去读高中，于我也不可能。我相信，只有老老实实接受"再教育"才是正道。于是，我坚持少回家多出工，用艰辛和汗水磨练自己。一季"双抢"，脱掉了一层皮；一年农活，形同农村人。我用实实在在的农活，抵御了精神上的空虚，也得到了社员们的认可和信任。在农村我加入了共青团，第二年生产队队委会改选，把我选进了领导班子，成为队委会委员，担任学习辅导员，这是我从政生涯中最早、最小的官。

欢乐莳秧

莳秧是学名，我们那里叫插秧。插秧不是力气活，但绝对是技术活。在平整好的水田边，老农教我们学插秧。左手抓起秧把，解开秧和子，打开秧门（拔秧时秧苗形成的次序，方便左手舔付秧苗），右手从秧的跟部往上斜推，形成秧把的有序状态。插秧时，左手舔付出三四根秧苗，右手用拇指和食指捏住跟部插入水田。插六棵成一行，倒退着往后走，边退走边插秧。要保证秧的根部插在泥土中，否则秧苗会漂起来。不能将秧苗的苗秆弯腰插在泥里，那叫"烟筒头秧"，活了也不会发棵。说得很复杂，要求也很高，其实做起来并不难。莳秧看上道（道，宜兴方言里这时要读"弹"的音，是趟、列的意思），边学边插，半天时间，我就是"熟练工"了。况且那时年少"没有"腰，不怕腰痛，所以插秧这种活，我是不怕的。不出一两天，我们竟然喜欢上了插秧，因为它可以"飙弹头"，也可以"包饺子"，把比赛和娱乐引入劳动，给我们带来了欢乐。"飙弹头"在宜兴方言里是速度快的意思，能冲在前。当时生产队里与我们差不多年龄的小伙子大姑娘有十几个，插秧时一字排开，每人一道，用绳子隔开，长长的水田，大家不知不觉就会飚起来。没有人讲话，只听见右手入水、起水的"划擦、划擦"声，还真有比赛的紧张气氛。大约二十多分钟，快慢之间就拉开了距离。这时，紧张的气氛才会松下来。大的田块，四十多分钟就能插完一趟。我们几个先上田埂的人，会双手叉腰，得意地欣赏着自己笔直的秧行，对插得慢的给以嘲笑和鼓劲。"包饺子"则是对插秧慢的人开的玩笑。当插秧慢的人插完一把秧，起身找秧把时，会发现身后很长一段没有秧把，被两边插秧快的人抢用了，喊挑秧的人送来就要等时间。当秧送来了，两边的人甚至其他人都会把多余的秧甩过来，插秧慢的人还得处理多余的秧，这样，插秧慢的人就越来越慢，就被"包饺子"掉在最后了。一周左右时间的蒔秧季节，在年轻人劳动的欢乐中，很快就结束了。

那年撽柴

20世纪70年代的农村，稻草、麦秸仍是主要的生活燃料，而稻草等还有其他用途，生活燃料就显得紧张。我插队的宜南丘陵山区，因有山，每年可以进山撽柴，相对平原圩区农村，生活燃料就宽裕得多。然而，撽柴之农活是不易的。那年（1971年），插队农村的第二年，就进山撽过柴，至今，我都认为那是一次最艰难的农活。宜南山区的柴山，属人民公社集体所有。公社明确规定，全年禁山，社员不得私自进山撽柴，违者要处罚，严重者要判刑。每年11月，公社会统一开禁三天，社员可以在规定的区域撽柴，谁撽谁得，多撽多得。山区开禁，社员们会像过节一样兴奋。他们全家齐动员，早早就开始作准备：磨快镰刀，备好担绳扁担，修整好"狗头车"，准备下充足的干粮。开禁之日，社员们穿上厚厚的山袜，带上工具和食品，推着独轮车，天不亮就出发。他们要及早赶到山上，寻找柴草茂盛的地块，争取多撬点柴。社员们撬柴的经验是很丰富的，他们会一片一片地着地撬，撬得很干净，不浪费资源。撬得的柴草，摊在原地晒，待下午回去时再捆起来，这样可以减轻许多重量。下午3点，山里太阳就要下山了，社员们捆草、建担，挑至山脚，装车。然后，带着满足的心情，推起小山一样的独轮车，吱吱呀呀回家走。我们本可以不去撬柴的，因为我们就住在生产队牛棚改的宿舍里，隔壁就是生产队的猪圈，堆有柴草，我们不缺柴烧。但生产队长要求我们四个人都能参加，到山里见见世面，长长本领。社员们也都鼓励我们。平时对我们比较关心的老周说，到时候你们跟我在一起，我可以帮帮你们。于是，我们下了决心，去！当时，我们甚至还有点兴奋，开禁第一天，大家都早早起床，带上工具，跟着老周他们向铜官山进发。从我们村到铜官山大汉岕的山门，有十多里路，进了山门，到指定的撬柴区域，还有四五里上山路。当我们爬上山腰的指定区域，已经是一身汗，累得不行了。望着社员们撬柴的热情劲头，我们稍作休息，也动起手来。虽然是第一次撬柴，没有经验，好在我们有撬稻撬麦的基础，两个小时多，也撬了不少。老周过来告诉我们，不要撬得太多，每人四捆就好了，柴是潮的，多了回去挑不动。他还教我们捆柴、建担。建担还是有点学问的，弄不好挑着挑着就会散了。我们每人都备有一副担绳，是麻做的，有手指粗，中间结牢用硬树桠做的担勾，担绳双起来有三米多长。建担时，担绳铺地，柴草靠近担勾作堆，然后，担绳绕过柴堆扣入担勾，右膝盖顶住柴草，双手抽担绳，抽紧后打结。扁担扣入担绳，就能起担了。因为柴捆一头大一头小，建担时担绳必须系在柴捆重量的中间，才能保证柴担平衡。柴担建好，我们四人就着山泉水，吃完干粮，12点不到就挑柴下山。上山容易下山难，挑着柴担下山就更难。山间小路，有时好走，有时陡滑，也难以歇担休息。我们凭着一股劲，一口气下到山脚。从山脚到山门，路要好走些。出了山门就是大路，没有山泉水了。我们在山门口再一次休息，到涧沟喝足山泉水，准备出山。从山门到家，还有十多里路，虽是大路，且还带点下山的缓坡，但长途无轻担，撬柴这活的真正艰难是从这里开始的。也许是下山时猛了点，体力消耗过大；也许是午间的干粮太少，能量不足，下得山来，柴担越来越重，肩膀越来越痛，休息的间隔越来越短。渐渐地我们四人也拉开了距离，他们三人都跑前面去了，我落在最后。可怜我体重只有八十斤，而柴担有一百二十多斤。可以这样形容当时的狼狈景象：饥渴交迫，腿沉腰软，全身无力，孤立无援。我坐在地上，望着即将下山的太阳，看着社员们一担担、一车车柴草从我面前经过，尽管有人鼓励我，但没有人会帮到我。什么是叫天天不应，叫地地不灵，这时完全能体会到。当时，我恨不得把柴草扔了。但这样做，我一天的劳动就前功尽弃，而且会让全公社的人耻笑。我突然明白，没有退路，也没有人会救我，我必须靠自己的意志和毅力，挑柴尽快回家。于是，我咬着牙，挑起柴担，大步走起。我边走边哼哼，给自己鼓劲。用"多走几步，再走几步"的意念推迟休息。就这样，终于在天黑之前，在崩溃之前回到我们的宿舍。第二天，我们四人，全都只能休息了。

那年撬柴，对我而言是刻骨铭心的。这样的艰难，教会了我如何战胜困难，成为了我人生的宝贵财富。从此，每当遇到困难，我就会想起那年撬柴。

挑猪窝灰

每年夏收结束，拆完麦田，晒上几天，就要往田里送猪窝灰（窝，宜兴方言发音这时读"科"），准备灌水摊田莳秧了。猪窝灰是很好的农家有机肥，是垫猪圈的稻草和猪粪便的混合体，直接从猪圈出圈的，湿重。挑猪窝灰用的是毛竹编的竹篮，当地称作步篮。编步篮用的竹子是厚片长条，篮底厚实，无筐。篮攀用竹片绞成，高一米五左右。猪窝灰装入步篮，可直接起担而挑。因猪窝灰是社员私有的，给队里算作投资，故要称重，一担谓"一泡"。挑猪灰是重活，是正劳动力干的活。我们这些半拉子男劳力，也会参加。从村里社员家到田头，路较远，挑猪窝灰就用递（递，宜兴方言发"缠"的音）担的方式，即每人挑一段，将担子直接递在下一个人肩上，这样还减去了起担发力的劳苦。那天，队里安排我们挑猪窝灰，我排中间一段，开始阶段的担子，大约一百三十多斤的样子，我都能胜任。挑了一个多小时后，递给我一担，我感到特别的重，勉强走了两步，站在小田埂的缺口前，便挪不动步，更不敢跨缺口了，正在迟疑中，背后传来了起哄的笑声，我明白了，是他们在捉弄我。我愤怒地将担子扔在田里，跑到村上，一看称重的码单，这一泡重一百八十斤。太重了，超我体重一百斤，我根本就挑不动。我幸亏没跨那个缺口，不然就出事了。我将那故意捉弄还在嘻笑的两人大骂了一通，事后，我曾好长时间都记恨这件事。

常州装粪

　　粪是农家宝，20世纪70年代的农村更是如此。装粪，并不是农活的专门术语，而是当地农民对去外地运粪的特指，大概是用船装运粪肥的简称吧。当年，生产队缺少粪肥，有人提供信息，说常州有家肉联厂，猪的粪水可免费装运。于是，队长就派老周带我们三个插队人员，摇船前往常州装粪。生产队的那条船是可载重五吨的水泥船，中间一个大舱，两旁有两个小隔舱，船头船尾的安全舱可夜宿。老周对外出运输很有经验，他是这次装粪的总管，既要负责联系肉联厂，负责船的运行，还要带上行灶，为我们做饭。为了照顾我们，老周特意从仓库里领足了大米、黄豆和豆萁，买了些菜，以备两天之需。晴朗的早晨，我们从村里的小河浜出发，经团汛入钟张运河，往常州一路摇船而去。我们几个人，刚学会摇船不久，有如刚学会开车的新手，兴趣和劲头很大，但驾驭能力差。进入钟张运河，宽阔的河面上来往船只川流不息，一条条拖轮船队，霸占着主航道，在这样的状况下摇船，不勉让我们有点心慌。一旦对面来船交会，我们就手忙脚乱，自己的船只把握不住，就大声喊叫，让对方避让，"推艄""扳艄"，乱喊一通。推艄，就是船头向左；扳艄，就是船头向右。喊着喊着，"呼"的一声，我们的船如同瞄准了一样，对着对方的船撞上了。一边用竹篙撑开相撞的船只，一边对骂，直到船只离远，骂声听不见而止。停止吵骂，我们几个突然齐声大笑起来，这个笑是阿Q式的笑，似乎我们赢了。接下来没多久，这个喜剧又重演了一次。老周告诉我们，船底下的水是急速流动的，两船靠近了就有吸力，容易相撞。他要我们注意，交会时与对方的船离得开些。突然，他若有所悟，大叫起来，"快去船头看看"。我匍匐在船头甲板探头一看，船头被撞出两个不大不小的洞，有一处钢精都露出来了。两只与我们相撞的船都是重载，且是机帆船，动力足，他们的船头撞我们的船身吃亏的是我们，这下子我们笑不起来了。中午时分，我们到达常州郊外，先找到一家可快速修船的船坞，把船修好，不然没法装粪。修好船，即到肉联厂下粪水。晚上，躺在船头安全舱的稻草铺上美美地睡着了。第二天一早，老周去集市，用带来的黄豆、豆其换来早点、肉和豆腐等蔬菜，我们开开心心地摇船回家。

团氿求救

团氿，宜兴三氿之一，介于东氿和西氿之间，位于宜兴城区西侧，目前水面面积二点七平方公里左右。是宜兴城区太隔河、长桥河、城南河的上游，通过这三条河，团氿水流向东氿、太湖。2004 年 10 月建成了以宜园为主的团氿风景区，是宜兴旅游的重点景区。今日团氿，风光旖旎。湖面，水波荡漾，野鸭戏水，帆板掠影，游船绕湖；湖边，小桥流水，亭台楼榭，楹联刻石，柳荷松竹，是人们休闲旅游的好去处。然而，五十多年前的团氿，则是另一派景象。团氿的面积要比现在大二倍，是很原始很荒凉的地方。旧时的 104 国道，犹如一条隔离带，将团氿隔离在城市的西边。104 国道的东边是体育场、公园、学校，西边的团氿，周围则都是农田、荒地。当年，团氿的东南角还曾是法院执行死刑的刑场。那年，我与同伴曾经在团氿中遇险而大声呼喊求救的情形，至今我仍记忆犹新。

1972 年秋收结束，生产队水稻大丰收，交足公粮后，队里按例分配口粮，黄灿灿的稻子分到每家每户，香喷喷的新米上桌了。我们每人也分到了口粮。我和同伴叔平商定，每人拿一担稻，到宜兴加工后给家里尝尝新，让父母及家人享受我们的劳动成果。那天上午，天空晴朗，秋高气爽。经队长同意，我们两人摇着队里的水泥船，运稻去宜兴。水路也不远，只十多里，一个多小时就能到宜兴城。尽管上船后，发现船上没有竹篙，那支橹也因中段已开裂有点起软，但我们一心回家送新米也没在意。船只经铜峰公社大涧河穿过团氿，驶入城北太隔河，到米厂加工成米，然后送至城南各自家中。下午，天色阴暗起来，老天要变脸了。3点多，我与叔平摇船返乡。行船不久，下起了小雨，我们担心的事终于发生了。我们穿上塑料雨衣，加力摇橹。船从城南河摇进团氿时，雨越下越大。天更暗了，团氿的风也比城里大得多。船在团氿的风浪中漂摇起来，这时，我们有点紧张了。正当我们用力摇橹，奋力向前时，一记扳艄用力，手中的橹"嘎"的一声，不好，橹有问题，不能用力。这下，我们彻底慌了。情急之中，我们想到了抛锚。锚抛入湖中，船固定在了原地。我们不约而同地大声呼喊起来。此时的团氿，一片灰暗，四周不见船影。我们的呼救声，瞬间就消失在风雨中。喊了十多分钟，毫无作用。没办法，无奈之中只能坐等。等风雨小些，等有船过来。郁闷、烦躁、担心、害怕，等待中我们任凭风刮雨打。似乎等了很长很长时间，终于看到有条船从宜兴方向向我们这边驶来，我们又大声呼喊起来。那船靠近我们的船，问我们是什么事。原来他们是附近铜峰公社大涧大队的农民，他们扔过来一根竹篙，告诉我们不要慌，马上就可进大涧河了。好心人那！事后，我们专程上门还篙致谢。有了那根竹篙，我们的胆子也大起来了，一人撑篙，一人摇橹，冒着风雨，终于将船驶进大涧河。进了内河，我们就不怕了，慢慢将船摇回队里。

　　1972年底，征兵工作开始了。因为上年度未征兵，这次征兵数量很大，参加完动员会，我就报了名。后体检合格，政审过关，我如愿以偿地穿上了绿军装。近三年的农村生活结束了。农村的生活是艰苦的，这是一种磨难也是一种历练，是一种无奈也是一种机遇。我们的人生中本不应该有这样一段生活，然而，也正因为有了这一段艰苦磨难的岁月，我的人生才有了坚实的基础。农村生涯于我是人生的基石，赋予了我一生的坚强意志。人生，有了"这碗酒垫底"，就会在艰苦和奋斗中成长，一步一步走向成熟。

2019年1月

往事不是烟

近日，我家门前挂上了"光荣人家"的匾牌，这是政府专门为转业退伍军人颁发的，是对全体转退军人的政治关心。看着鲜亮的匾牌，不由地让我想起四十七年前应征入伍的情形，那是一段遭遇人为障碍，搬走政治魔石去当兵的往事。

1972年底，全国征兵工作开始了，因为1971年国家没有征兵，这次征兵适龄范围比较大，从十八岁到二十三岁都在适龄范围，征兵数量也多，我们大队就有四个名额。当时我年龄刚满十八岁，插队下乡已是第三年，"苦炼红心"表现也很好，得到了贫下中农的认可，被选为生产队队委会委员，符合征兵条件。那个年代，当兵是很"吃香"的事，我也十分向往。大队征兵动员会一结束，我就报了名。从报名的情况看，插队知青报名应征的只有两人，按照征兵动员会上的说法，这次征兵知青要有一定的比例，当时我是十分乐观的。报名后没多久，公社组织我们应征青年到县人民医院体检，我当时个小人瘦，很担心体重不够，称重时一看，九十斤，刚好达标。其他项目都没问题，体检合格。另一名知青体检不合格，被淘汰了。这时，我感觉知青中只有我一人体检合格，应征入伍没问题了。然而，事情远没那么简单。大队里体检合格的应征青年多于应征名额，且有一人是大队书记的亲弟弟，再加上农村牵牵拉拉的宗族关系，文件上所说的照顾知青的要求，在此是会忽略不计的，让谁去，不让谁去，大队书记说了算。我当时太单纯了，一边参加生产劳动，一边痴心地做着当兵的梦，默默等待入伍通知书。等到公社送达入伍通知书的那一天，大队书记才告诉我，因我的父亲是"走资派"，政审没通过，一下子让我从梦境中跌入冰窟。我说我父亲早就从"牛棚"里出来教书了，怎么还是"走资派"呢？书记说，有人到县征兵办去检举你了，我无言以对。是谁那么卑鄙，竟然给我设置了这样恶毒的障碍，我无比愤怒，但无处伸冤。

　　带着这个坏消息，我一路快走，匆匆赶回县城家中，向家人诉说，全家为之郁闷气愤。我的父亲更是难过得说不出话来。父亲是个很有才华的教育工作者，解放初参加工作，十八岁担任镇团委书记，二十二岁入党，二十五岁担任完全中学的校长，60年代初被选送到省委党校培训学习一年。"文化大革命"开始，在宜兴二中当校长的他，被打成"走资本主义教育路线的当权派"，靠边站，第一批被涂成黑手游街、批斗，受到迫害，吃尽了苦头。这也让我辈深受其害，因是"黑七类子女"，初中上学要从后门洞爬进教室，读高中也没有资格。现在，"走资派"这块政治魔石仍然压在我们头上，压得我们全家透不过气来，何时才能摆脱？！气愤中，我母亲站起来说，不行，我们要去申诉。现在你父亲已经"解放"，出来工作了，还是共产党员，"走资派"这个政治黑锅我们不能再背下去，不能再影响五个子女的政治前途。要感谢我的母亲，在当时这种艰难的背景下，为了这个家，勇敢地站起来担当。

第二天，母亲带着我找到了县人武部曹部长，陈述了我们的理由。刚直的曹部长听了也很光火，说，父母亲都是共产党员，怎么会儿子政审不合格，不能当兵？人间自有公道在！在曹部长的要求下，征兵办启动了复审程序。县委组织部也给出了答复，我父亲即将被"三结合"，进入校革委会领导班子。在这样的情况下，政审毫无疑问是合格的。县征兵办知错就改，及时采取了整改补救措施，将新兵复检不合格退兵的空缺名额给了我，正式通知我应征入伍，我如愿以偿穿上了绿军装。我们全家也终于搬走了压在头顶的政治魔石，可以扬眉吐气了。

　　往事不是烟。这是人性扭曲、价值观颠倒混乱的特殊年代发生的事，让我有切肤之痛。但人生经历这样的遭遇，也不完全是坏事。我没有去追究谁是卑鄙之人，而是从中获得了做人的教益。从那时起，我心中牢牢记住了"害人之心不可有"的古训。从此，无论在什么地方什么岗位工作，都坚持做到真诚待人，与人为善。现在，国家早已拨乱反正了，我相信，在政治清明、国泰民安的今天，国民的人性会更加彰显出清正的力量。

2019 年 12 月

咱们卫训班

今年建军节，战友熊志安在战友群里晒出了一张集体照，照片上，一群稚气未脱的年轻军人都在微笑。照片上方，印着一行具有时代特征的照题和日期："6527部队卫训班庆'十大'73.9.1"。照片刚晒出，远在浙江绍兴的老班长季冬根马上跟帖："这是在南京方山团卫生队集训时照的，好帅气的小伙子。一晃四十三年过去了，回想起来，当时我们班是很活跃很有朝气的啊！"这张照片，一下子就把我带到了四十三年前。

1972年底，十八岁的我应征入伍到建筑工程兵6527部队，分配在一营五连，八个月后抽调到团卫生队集训。集训学习按营编班，一营的八人加上团卫生队三人编为一班，班长是营部卫生所卫生员老季。班里学员除两人外，其他都是宜兴籍的兵。记得第一次班务会，大家自我介绍后，班长要我们推举一位副班长，我说二连的熊志安入伍前是赤脚医生，懂业务，人也热心，就选他。大家同意，这样，熊就当了副班长。此事，大熊至今仍领我的情，经常会说，我这个副班长是你让我当的。

六个月的集训学习是紧张刻苦的。集训的目标很明确，就是回到连队能独当一面工作的合格卫生员。集训课程有：生理学、解剖学、病理学、连队常见病的防治（包括针灸推拿拔火罐及中草药的识用）、战地（施工）救护等。负责集训的徐军医要求很严，他常对我们说，经过我们团卫生队集训的学员，都是有用之才，今后都不会改行，你们要好好学。他的要求把为部队学和为自己学结合的很好，把我们的学习劲头鼓得足足的。然而，绝大部分学员和我一样，文化程度低，名为初中实为小学，学习的困难可想而知。好在我们年轻刻苦好学，都圆满完成了学业。授课的老师是卫生队的军医或医助，他们都很敬业，深入浅出地教，不厌其烦地答。给我影响最深的有徐军医的人体解剖课、高军医的人体大循环小循环理论、侯军医的推拿实训。至今，闭上眼睛，我都能回放出他们讲课时的神态。每个专题学习结束，都会有考试，可能是我交卷早的原因，引起了徐军医的关注，每次考试他都当场批阅我的试卷，并给以高分。这些试卷我曾保存多年，直到前几年搬家，才作了清理。也可能卫生队认为我是个好学员，回连队不到一年，就把我调到卫生队来了。

集训学习的课余生活是轻松的愉快的，因为我们卫训一班是个"很活跃很有朝气的"集体。班长老季，1970年入伍的老兵，为人厚道，待人真诚，像老大哥一样关心着全班每个人。副班长大熊，工作热情高，责任性强，各项活动带头，后勤生活管理到位。我们十多个二十岁左右的年轻人，如同亲兄弟，朝气蓬勃，亲密相处。我们班内务卫生争第一，生产劳动争第一，文体活动争第一，集体主义精神充分展现。当然，也有不少笑话。记得那天下午，我参加生产劳动后又打了一场篮球，晚上睡觉也在"拳打脚踢"，一个翻身，从双层床上铺连人带被跌滚在地上，"砰"的一声，把全班人都惊醒了。班长打开电灯，全班人都看着我。我爬起来活动了一下，看看什么事都没有，便爬上床继续睡觉。第二天，卫生队派人来给我们上铺加了横档，以防类似事情的发生。此事也成为了战友们的笑谈。

六个月的卫训，让许多学员有过医生梦，然而1975年的大裁军，我们工程兵部队首当其冲被撤销，我们班的战友先后退伍回到地方，除一人在镇医院当医生外，其他人均未续梦。老季在绍兴老家当了几十年村书记，带出了一个绍兴"华西村"。大熊也从村书记起步从政，官至副市长。其他学员战友，在不同岗位建功立业。我则从事政法纪检工作。当然，当年学习的专业知识还是有用的，我在检察机关工作时倡导的职务犯罪预防就来自于疾病防疫知识的启发。

当年的小伙子们都已退休，享受着改革开放带来的阳光雨露，一个个开始安度晚年。

一张老照片，留下一段美好的回忆。

2016年9月29日

怀念军营的日子

八一建军节要到了，战友们在微信群里又开始热闹起来，相互问候，联系庆贺小聚。这让我又怀念起军营的日子。

1972 年底，我应征入伍到建筑工程兵部队，服役四年，先后在连队和团卫生队当卫生员。军营是战士的家，军营生涯虽短，但那里有我的青春我的芳华，有我的理想我的奋斗，那是我人生的重要阶段。如果说，知青岁月给了我艰苦磨难，是人生基石，赋予我一生坚强意志的话，那么，军营就是一座大熔炉，将我锤炼成钢，赋予我为共产主义奋斗终生的初心，指引我走向人生新的历程。军营教我守纪律，懂规矩；军营教我专业知识，给我军人品格、军人情怀。离开军营四十四年了，但军营的往事却历历在目，时不时在脑海中闪过，在战友聚会时笑谈过，这是人生不可复制的宝贵经历，难以忘怀。

司令部的大喇叭是令人怀念的。每天清晨，那清脆嘹亮的起床号从大喇叭里传来，我们一骨碌起床，快速穿戴，新的一天开始了。这时，大喇叭里每天固定的《北京颂歌》唱响起来，"灿烂的朝霞，升起在金色的北京……"随着男高音悦耳的歌声，我们奔向操场集合，出操。大喇叭每天按照部队作息时间表定时响起，指挥着部队的统一行动，连周边老百姓的生活也都习惯跟着大喇叭运转。号声、歌声，呈现出军营的勃勃生机，亲切感人。直到现在，每当我听到《北京颂歌》的旋律，脑海里就会浮现出军营的早晨。

新兵连的伙食是令人难忘的。新兵到部队，先是集中训练三个月。当年，每人每天伙食费是四角五分，基本食谱是早上大米饭、萝卜干，中午大米饭、大白菜，荤菜很少有，每周大概有两次尝荤。晚上大米饭或馒头、面条。每顿外加一桶汤，汤里会放菜丝或海带丝等。按现在的眼光看，还不如十元的盒饭。开始，新兵们对这样的伙食没什么不习惯，甚至还有点抢食。为了打捞桶底的菜丝，战友们还编出这样的顺口溜："勺子打到底，靠边向上移。心中不要慌，一慌全是汤。"两个星期后，两极分化开始了。有的仍然可以吃三碗饭，或者七八个馒头，大部分人则有点厌食，吃不下了。我与别人不一样，插队在农村自己做饭吃，没有菜，还经常吃不饱，到部队能吃上大锅饭，一日三餐吃得饱，简直是到天堂了，太幸福了。知青的清苦，让我深感部队的温暖。我从来没有嫌弃过新兵连乃至部队的伙食，每餐吃得下，吃得香。至今我仍怀念大白菜拌辣酱的鲜爽滋味，只要吃到大白菜，我就会复制这样的味道。部队把我从体重四十五公斤的瘦弱少年，喂养发育成一米七八的体壮青年，我永远感恩。

我们建筑工程兵部队的主业，是落实毛主席"深挖洞，广积粮，不称霸"的要求，打坑道。部队常年在山区施工，打眼放炮，扒渣运渣，被复打筑（系打坑道的专门术语，就是炸药炸了毛坯洞后，用钢筋水泥混凝土浇筑好），以人工作业为主，机械化程度和安全系数都很低。战士们碰撞受伤，腰肌劳损，伤风感冒是常有的事。作为连队卫生员，每天早晨到各班排宿舍查铺是我的职责。连队出操了，留在床铺上的都是身体不适的。我会一个一个询问处置好。小毛病好处理，吃点药以休息为主。对感冒发烧、胃炎肠炎的病号，还会通知炊事班做病号饭。重症的则要送部队医院治疗。时间长了，我对全连所有人的身体状况，有了比较清楚的了解。战士们还年轻，遇上生病有的还会有点小情绪，甚至掉眼泪，这时还需要专业知识的疏导和情感上的帮助。对个别想躲避施工而"生病"的，我一般也不会戳穿，就让他休息一天吧，毕竟打坑道这样的体力活太辛苦了。在连队当了一年卫生员，我成了战友们的知心朋友，与战友们结下了深厚的友谊。

怀念军营的日子，更多的是怀念战友间的友谊。战友，来自五湖四海；战友，亲如兄弟。我们一起训练，一道施工，吃同一锅饭，做同一个梦。战友之间无论谁遇到困难，大家都会伸出友谊之手拉一把。那天翻出卫生队的合影，一张张熟悉的脸庞都在微笑。照片上的战友，分手后大部分没有了联系，和他们的友谊定格在美好的回忆中。卫生班班长叶阿淼，浙江绍兴人，待人厚道，热心助人。见我拍了新照片，专门手工制作了二个木质小镜框送给我，至今还摆放在我的书橱里。他在部队办婚礼，我们全队倾力为他营造浪漫氛围，祝福他们。浙江金华兵岳宪法，当年在药房工作，因为工作中傲慢，我狠狠地给了他一拳，这一拳不仅打掉了他的傲慢，还把我俩打成了无话不谈的好朋友，可惜的是分开后虽多方打听，至今没有联系上。1975 年，邓小平同志提出第三次世界大战暂时打不起来的论断，作出了裁军一百万的部署。我们建筑工程兵部队首当其冲撤销，战友们面临着调至其他部队或退伍的选择。山东单县兵陈金良对我说，我们家乡穷，如果现在回家是连老婆都找不到的。他想到新组建的舟桥部队继续当兵。为此我专门找到队领导，反映此事，并表态，我是知青来参军的，退伍回去可以安排工作的，把机会让给其他战友。金良老兄如愿以偿去了新的部队，后来当上了军医。我退伍后，他还专门从部队到宜兴来看望我。现在他也转业了，我们一直保持着联系。对于来自家乡的战友，我们的友谊在后来地方工作中不断发展，成为共同进步的推进器。

一身戎装几年兵，青春年华献军营。军营生活已刻入我的生命，自信、坚毅、勇于担当的军人品格，已融化在我的血液里。

我自豪，我的生命里有过当兵的历史。

2020 年 7 月

团干情怀

"老团干"，一个让曾经的共青团干部引以为自豪的称呼，听来是那么的亲切。那天，一声轻轻的召唤，具有浓厚团干情怀的老团干们积极响应，从各地汇聚到古老的陶都。

8月的宜兴，还是炎热的季节。在陶都饭店六楼的会议室里，中央空调吐出的凉风，给人们带来清凉舒爽的快意。这里正在举行宜城镇老团干联谊会。召集人是昔日镇团委的周卓维书记，参加联谊的都是那届团委时期的团支部书记。四十多年了，时光在每个人的身上都打上了深深的烙印，有的人见面都认不出来了，提了名字才依稀可识。一群"年轻"的老人围坐在长条会议桌旁，欢声笑语，畅谈友谊，银发染上了青春的容光。小周书记七十多岁了，哦，应该称老周书记了，还是快人快语，声音洪亮，他的开场白一下子把我们带到了四十多年前。

我们这届团委是 1978 年换届的，当时小周书记刚从部队转业，担任团委书记。我当时二十四岁，从部队复员后，分配在印刷厂工作，担任团支书。团委换届时，被选为团委副书记，成为小周书记的助手。

那时，正值粉碎"四人帮"，结束"文革"不久，拨乱反正，百废待兴。按照团中央的部署要求，各级团组织的主要任务是宣传新时期的新任务，开展争创（当）新长征突击队（手）活动。火红的青春岁月，遇上新的历史时期，我们热情高涨，迅速行动起来。我们用群众喜闻乐见的形式，到街头、广场热情宣传新时期的新任务；我们积极加班突击，超额完成生产任务；我们组织团员青年义务劳动，清扫公共卫生、大力植树造林，到处都可见新长征突击队的身影，浑身都有使不完的力量。前不久，宜兴有位老领导晒出了一组城南河畔杉树林的美照，那片漂亮的杉树林，正是当年宜城共青团所植，如今已是网红打卡的秋景风光地。更值得一提的是，我们的文化夜校，每晚灯火通明，是当年城区一道靓丽的风景。因为众所周知的原因，当时的一代青年该读书时没有书读，空有一纸文凭，少有真才实学，在企业的青工有许多是刚从学校毕业的学生工，每月十五元工资，还没有工龄。团委与工会联合举办文化夜校，开办了外语班、数学班、写作班等，吸引了众多团员青年前来求知求学。失学的苦恼在这里得到补偿，也为日后参加恢复的高考、自学考试打下了一定的文化基础。我那时也带头报名参加了日语班的学习，尝到了日语的味道。忆起往事，我们的团员青年是那么的清纯无私，那么的朝气蓬勃！

联谊会上，大家抢着发言，回忆着当年的峥嵘岁月，青春芳华，感恩团干生涯的锤炼，抒发老团干的情怀。光阴似箭，年华似水，从共青团干的位置上起跑，风雨几十年拼搏，现在回头看，每个脚印都是诗句。团干生涯总是短暂的，然而，短暂的团干生涯如同垫底的老酒，为人生事业打下了结实的基础。我们这一届的团干们，几年后分赴了不同的岗位，在各个条线建功立业，有全国先进，有劳动模范，还有优秀共产党员，没有一个被糖弹击倒。还是老周书记小结得好：忠诚奉献、清正奋发，是我们宜城老团干的精神财富，我们无愧青春的年华。

是啊，老团干的记忆是美好的，老团干的经历是难以忘记的。岁月催人老，风霜染鬓发。昔日青春激荡，追逐梦想的青年，如今已是银发新潮、豁达和善的老人。我们的事业、生活和情感都发生了巨大的变化，而不变的是那清纯的团干情怀。

2020 年 12 月 11 日

排字先生

近日，整理家中书橱，在书橱的印章盒里看到了多年前存放的三枚铅字，一号楷体字，字面是我的姓名。这样的铅字，现在已经很难见到了，一下子唤起我当年排字的记忆。

排字，从字面理解是指按稿本以活字排版，这是指一项劳动。从另一个层面说，排字是传统印刷工艺中的技术，是一个工种。今天我们说排字，绕不过平民发明家毕升。在宋代庆历年间（1041），雕刻工毕升发明了活字排版印刷术。他用胶泥片雕刻活字，用火烧硬，然后排版印刷。活字印刷术是印刷史上的一次伟大革命，也是中国古代四大发明之一。后来，泥活字演化发展成木活字、铜活字、铅活字，中国的文字不断走向繁盛。

排字是个知识性的技术活，没有一定的文化基础，是无法胜任的。在1949年前后，排字工人就被尊称为先生，其报酬收入也是较高的。20世纪70年代后期，我从部队退伍，分配进入印刷厂，就在排字车间当排字工，后任车间副主任。虽然在厂工作只有三年，但亲历了从古代传承下来的铅活字排版技术，见识了许多，也学到了许多。

走进排字车间，你会觉得很新奇，也会觉得很神圣。因为这里是很有文化的地方。这里是铅字的产房，各类铅字在这里原始生成。在车间的西部，用砖墙隔开的两间，是铸字的场所。每天，随着铸字机"喀嚓，喀嚓"的机械操作声，经过火的淬炼，熔化的铅水通过字模压铸，成为一个一个长方块铅字。无论字号大小，铅字高度均为二点三公分。每个铅字的下三分之一处（与铅字字面的底部同在一面），有一条半圆型浅浅的凹槽。一二三四五，楷宋魏黑隶，各种型号的各种字体，都是这样生产出来的。繁忙的业务，使车间内始终弥漫着刺鼻的铅水味。这里也是汉字的广场，各类铅字在这里集合，书报杂志的文章，各种票据，在这里排版生成。车间的中部往东，是一排排木制字架，字架高一点八米，呈75度仰面，稳定站立。每个字架用铁皮隔成空格，放置铅字。字架就像字典，按照部首排列着一格格汉字。不同型号、不同字体的铅字，分别排列在不同的字架上，有序排放在车间内。那一排排字架，就是车间的铅字库。在字架间穿行，如同进入迷宫，如果不熟悉摆放位置，很难找到自己所需的铅字。每个排字工有一个专用字架，有八百个左右常用5号字和标点符号空格，每格可存放三十个5号字。存放规律也是按汉字部首排列的，但可以根据本人的手势喜好以及所排书稿内容作微调。最常用的"的"字，则给了一个特大的格子，可放上百个字。字架上的铅字格，会根据使用情况定期补给。

排字分为拣字和排版两个阶段。拣字是基础活，排版才是技术含量高的活。

学拣字，要先背熟字盘表。一张8开纸的字盘表，密密麻麻地排好八百多个常用字和标点符号，必须背熟，记牢每个字的确切位置。还要学会看倒反字，因为每个铅字的字面是反的，并且是倒着放置的。每拣一个字，要快速瞄一下字面，以防拣错。盛字用的工具是小手盘，那是一个长二十厘米宽八厘米的长方型木板盘，右下两边有盘边，呈直角，左上两边无盘边，呈圆角。拣字时，左手持小手盘，稿纸折好夹在左手中指和无名指之间，看一句，拣一句所需的字。手盘内先放一条按版面要求定制长度的铁皮片，从字架上拣下来的字，顺放在手盘中，铅字的凹槽朝外，达到手盘内铁皮片的长度就要回行，将铁皮片抽出，放在铅字外面作隔挡，继续拣第二行。拣字，作为生产劳动是要考核的，与奖金挂钩。按照二级工应知、应会的技能要求，每小时拣字必须达到两千个字。熟练的排字工，拣字时手指左右上下飞舞，只听见"嗒、嗒、嗒"铅字落盘声，速度快得让人惊呆。如果对字盘不熟悉，对文稿不熟悉，看一字找一字，那是无法完成任务的。我曾参加过一次全市青工技能大赛，一小时拣了两千五百个字，速度也算是快的了，但还是没有进入前三名。

排版是很有讲究的。以书刊为例，排版以页为单位，每一版面由大小不同的文字、图表组成，正文必须统一字号、行长、行距，还要处理好标题、正文、页码、注文和图表相互之间的关系，使组成的版面规范美观。师傅们会特别交待，标点符号不能放在行首（书引号的上引号除外），人名特别是伟人的名字，不能分行，这都是在排版时要注意的。由于字号不同，图表的尺寸又不规范，排版时要用不同的材料，将版块补齐整拼紧。否则，排好的版块会松漏，无法上机印刷。每版排好，边上用铅条围住，然后用小棉绳扎紧。版面滚上油墨，用白纸和特制的棕刷，刷出校对稿送校。三校过后，就可付印了。对印数多的书版，会先打纸型，再浇铸铅板上机印刷。

排字车间有几位老师傅，本事了得，他们是车间不可缺少的顶梁柱，真是应该称为先生的。申师傅，一个沉默寡言的老头。拣字时，习惯用左手大拇指将拣入的铅字上下拨动，铅字在他的手盘中不断发出"嗒嗒"声，听到这种声音，大家就知道申师傅在拣字。他曾是申报印刷厂的排字先生，因在"文革"中误将"黑"字拣排为"党"字（繁体字的"党"字，部首在"黑"字部，字架上"党"字在"黑"字的隔壁），没有校对出来，成为政治事件，吃了苦头。他的排版技能是一流的，再难再复杂的活，他会闷头摸索，用他自己的办法做好。他话不多，但待人实在，向他请教，总会放下自己的事，耐心讲解。有时，他会"路过"我的工作台，瞄一下，然后丢下一句话就走，哈，一下子指出了存在的问题，点化了我。陈师傅，原是新华日报印刷厂的排字先生，他和申师傅相反，热情，话多，做生活不紧不慢，排版质量绝对让编辑们放心，让机印工放心。这样一位资深的老先生，还是全车间自觉加班最多的人。最值得钦佩的是老朱师傅，是和毕升一样的刻字雕版工。长年的伏案工作，视力严重衰退，腰肌劳损影响到下肢行走。他身怀绝技，凡是浇铸字模没有的冷僻字、艺术字，都是他一刀一刀刻出来的，印出来看，与机铸字难分难辨。那些印刷过程中损坏的铅字、锌图版，也是他负责修理，就像医术高超的外科医生，手到病除。他曾为我刻过一枚藏书章，我一直珍藏着，几十年过去了，至今可是世间孤品了。这些老先生，按现在的说法，叫中国工匠，他们敬业执着，专注坚守，工匠精神在他们身上完美体现。活字印刷术正是有这样一代一代的工匠精英，才会创新传承，大放异彩。

20 世纪 80 年代中期，用了近千年的活字印刷，开始告别铅与火的时代，无锡籍科学家王选发明的中国计算机激光照排技术取代了铅活字排版技术，铅活字排版成为了古文明传承的历史印记。

2020 年 11 月

我的入检初心

我是 1979 年 11 月进入检察机关工作的。那年，检察机关重建不久，除了从各机关调来干部外，也从国企青年党员中召录一批新干部担任书记员，二十五岁的我有幸成为其中一员。

当年我在国营宜兴印刷厂工作，担任厂党支部委员、团支部书记、车间副主任。能被选调召录到检察机关去工作，我十分高兴和向往。然而，没想到的是，镇江地区人事局下发的调令被我厂的主管局给压下了，局长说，这样的青年党员我们自己要用，不能放走。后经检察院交涉，轻工局才同意放行。为此，我比其他同志晚报到了半个多月。

到宜兴检察院报到的第二天，王耕山检察长找我谈了一次话。王检察长是从山东南下的老同志，德高望重，他勉励我要努力学习，公正办案。我知道。这既是领导的要求，也是党组织的要求。说老实话，当时，我只知道检察院是政法机关，至于如何办案，怎样工作，我是一无所知，但我记住了王检察长的要求，下决心尽快成为一名合格的检察官。从此，"努力学习，公正办案"，成为我检察生涯的追求，我的入检初心。

入检初心，就是职业目标和追求。追求，不能停留在嘴上，而要努力践行。检察工作是全新的，尽管我下过乡，当过兵，也做过工，已有十年工龄阅历，然而，面对新的挑战，一切要从零开始。记得第一次参加审讯是那么的慌张；第一次勘察事故现场是那么的忙乱；第一次执行死刑监督是那么的紧张；第一次写工作总结是那么的无措。践行入检初心是不易的。从学法到懂法，从学办案到会办案，一切都在紧张的勤奋努力中，容不得慢行。记不清多少个夜晚在灯下苦读练习，记不清多少个节假日加班办案，记不清多少次与犯罪嫌疑人斗智斗勇，记不清多少回为公正执法周旋呐喊。入检初心在坚守中飞扬，在飞扬中绽放。经过十多年的努力拼博，我从一名初中生，经过自学考试大学毕业，继而省委党校研究生在职函授毕业；从不会办案到独立办案、指挥办案，成为无锡检察系统第一批优秀公诉人，江苏省检察系统第一批优秀侦查员。从不会写文章，到法律文书、新闻报道和工作总结都很顺手，很多篇结合检察实践撰写的法学论文发表在国家级学术期刊。当然，坚守入检初心也是艰辛的。践行中，有亲人和朋友的不理解，有个别人的不满甚至威胁，有失去的正当利益，也有"牺牲"的亲情陪伴。但更多的是收获，是人民群众和家人的支持。

检察事业在不断发展，检察任务在不断增加，入检初心随着形势变化增添了新的内涵，践行初心的要求更高了，初心在坚守中演化成恒心。

在践行入检初心的过程中，我有三个没想到。没想到党和人民让我担起检察长的重担，一干就是两届。从书记员到检察长，我曾踏过所有的成长台阶。检察长这个岗位是神圣的，也是极富挑战的。我带着人民代表的信任，怀着入检初心，在学中干，在干中学，勇敢担当。

围绕党的要求，人民的期望，创造性地执行高检院的工作部署，让初心在奉献中继续飞扬。没想到有四次走进北京人民大会堂，从国家领导人手中领奖。全国模范检察院、全国预防职务犯罪知识竞赛组织奖、"二五"普法先进个人、全国检察机关"人民满意的检察官"。两次代表集体，两次是个人荣誉。这是组织的关怀和鼓励，这是坚守初心的美好果实，值得留在记忆中。没想到我会被调离检察机关。正当我在无锡检察院释放着满腔工作热情时，2004年的12月，一纸调令，我二十六年的检察生涯截然而止。尽管是"重用"我，但要我离开热爱的检察事业，离开喜爱的检察官职业，实在是不情愿，在"无奈"之中，我服从组织调动，带着入检初心，走上新的工作岗位。

"努力学习，公正办案"，在几十年的检察工作中，入检初心已经融入我的血液。后来，无论是在政法委、公安局工作，还是在纪检监察机关工作，我都以入检初心为基础，结合新的工作，赋予新的内涵，坚持下去，继续前行。

现在，我已退休多年，年近古稀。在建党100周年、人民检察制度创立90周年来临之际，回望坚守入检初心走过的路程，每个脚印都如同美好的诗句，勾起我浓浓的检察情怀和幸福的回忆！

坚守入检初心，我无怨无悔！

2021 年 4 月 19 日

难忘的往事

1979 年，我从工厂奉命调入刚刚重建的宜兴县检察院工作。

那年我才二十五岁。伴随着检察机关二十年的发展壮大，我也在锻炼中成长，从一名书记员走上了检察长的领导岗位。回忆二十年的风风雨雨，既有拼搏的艰辛，又有成功的喜悦。无怨无悔，二十年检察情，那一件件往事，至今令人难忘。

一次艰辛的取证

那是 1980 年的初春，正值我国实施第一部刑法的第一个年头。那天，根据检察长的指示，我随法纪科老徐科长到距县城十多里的屺亭公社，调查一起大队书记非法拘禁的案子。根据预定方案，这次下乡主要是找证人调查取证。那时的检察机关装备很差，全院三间办公室，既无汽车，也无自行车。我们带上几块烧饼，乘农村公共汽车到公社，然后步行八里路到大队。因为是调查大队书记的问题，其中有的证人恐怕报复，不愿作证，往往要经过反复做工作，才答应前来作证，取证难度较大。那次调查完已是晚上 8 点多了，我们饿着肚子，摸黑上路。由于天黑路不熟，我们走了不少弯路，到家已是深夜。徐科长毕竟年龄大了，一路上连摔两跤，脸上、腿上三处挂彩。第二天上班，两人见面后会心一笑，因为，尽管我们吃了不少苦头，但毕竟圆满地完成了领导交办的任务

一次成功的出庭

1988 年 5 月，我主办了一起重大责任事故案，被告人是建筑设计院的一名工程师。被告人在其设计的一幢综合大楼施工中，违章更改部分设计，导致阳台的抗倾覆能力严重降低。当三名木工在拆除阳台挑梁下的木撑后，阳台迅速下坠，将三名木工当场砸死。这是一起震动全市的大案，也是一起技术复杂的难案。开庭前，我做了大量的艰苦仔细的准备工作。开庭时，可容纳两百人的审判庭，前来观摩旁听的人座无虚席，连走廊和窗口也挤满了人。其中有无锡地区各法院的分管院长和刑庭庭长，有建筑设计院和建筑公司的领导和工程技术人员，还有市委党校两个班的学员。法庭调查中，我抓住重点，围绕事故原因和责任展开法庭调查，特别是针对律师在调查中的发问和被告人的抵赖一步不松，运用证据揭露案件真相，取得较好效果。法庭辩论中，我又争取主动，舌战来自上海、南京的三名大律师。当上海的律师提出一大堆建筑技术问题，提出被告人不应负事故的主要责任，不构成犯罪的辩护意见时，我迅速作出反应，凭着自己掌握的技术知识，及时答辩反驳，通过摆事实、讲法理、揭露律师辩护意见之间的矛盾，始终掌握辩论的主动权。一轮、二轮、三轮，越辩越勇，将

犯罪问题、技术问题、责任问题、经济损失问题等一一辩清，旁听的法官和工程技术人员为之折服。出庭支持公诉大获全胜，法庭当庭宣判被告人有罪，并判处有期徒刑。

一次轻松的散步

1996 年 10 月 28 日，最高人民检察院张思卿检察长去浙江参加全国检察机关第四次政治思想工作会议，途经宜兴视察并检查了我院工作。当时我主政检察院工作。晚饭后，张检察长提出去散散步。于是，我陪张检察长来到西氿边，沿着氿滨小道散步。江南的秋夜凉风习习，西氿的湖水，微波荡漾。张检察长和蔼可亲，一边走一边向我了解检察工作情况，当我汇报院成立了经济犯罪预防中心，开展立体式预防的做法后，张检察长高兴地说，打防并举好，预防是要抓机制、抓教育、抓打击，这样才能取得好的效果。张检察长还就服务大局，实施"两法"等问题谈了意见。就这样边走边谈，不知不觉中四十分钟过去了，张检和蔼可亲，所言道理，深入浅出，令我很受启发。同时，也使我看到了这位首席大检察官对基层检察干警的亲切关怀和对基层检察工作的热切期望。第二天，我将张检察长的指示及时向党组成员作了传达，并研究了贯彻意见。

一张珍贵的照片

1998 年 1 月 13 日，全国检察机关第四次"双先"表彰大会在首都人民大会堂召开。那天的京城，瑞雪飘飘，作为全国模范检察院的代表，我与全体代表一道，排队进入人民大会堂，接受中央领导同志的会见。我幸运地排在第二排的中间。会见时，尉健行等中央领导人与第二排的代表亲切握手，当尉健行同志与我握手时，《检察日报》的摄影记者肖杰同志迅速按下相机快门，拍下了这一历史性的珍贵镜头。第二天照片刊登在《检察日报》的头版。照片是珍贵的，因为这是上级检察院对我院多年工作的肯定。是啊，从通令嘉奖、集体一等功到模范检察院，连续三次受高检院表彰，无不凝聚着全院干警争先创优、奋力拼搏的精神。照片是珍贵的，因为这也是党中央对全国检察工作的肯定和鼓励。尉健行同志在会见时指出：实践证明检察队伍是一支政治坚定、工作卓有成效、党和人民信赖的队伍。京城归来后，我把照片放大挂在墙上，让全院干警时刻感受中央领导的关怀，激励干警以取得的荣誉为新的起点，经受新考验，再创新成绩。

1998 年 11 月

胜似破案

1995年7月11日，一个平常的日子。下午5时许，忙碌了一天的我，正在收拾桌上的文件，准备下班。这时电话铃响了。我拿起话筒，一名男子问我："你是不是检察长？有人要行贿，你们检察院管不管？"我肯定地回答了他的问话后，说："你是谁？有什么事请讲清楚。"那位男子告诉我：今天下午，南通市一家水处理设备公司的两人开了一辆轿车，到正在筹建的市自来水 b 厂签订业务合同。他们带来一大包钞票准备行贿，有好几万啊。电话里，举报人还提供了红色桑塔纳轿车的牌照号码。这位举报人不愿透露身份，但表示如有新情况，将继续举报。

怎么办？接完举报电话，我迅速地思考着：是将计就计，待受贿方收下钱时，将双方犯罪嫌疑人一举抓获，还是及时制止即将发生的罪案，以挽救一批可能误入歧途，甚至葬送一生前程的干部？如果采用第一种做法，只要部署得当，撒网、收网，那么，在我们反贪污贿赂的战绩表上，破获大案的箭头又将往上升几格。如果采取第二种做法，虽然能及时有效地制止可能发生的贿赂罪案，但也会引起一些人的议论。我立即与分管副检察长一起商量处置的办法。我们很快统一了认识：必须立即采取行动，阻止这起巨额贿赂案件的发生。理由很简单，检察机关执法的最终目的是要预防和减少犯罪。假如我们接到的是一起杀人或抢劫、强奸等刑事犯罪的信息，我们能不果断制止吗？同样是犯罪，我们有什么理由让贿赂犯罪的结果发生后再去抓呢？假如有非议，由我承担责任。

检察官的职业道德和职业责任，促使我们迅速行动起来。考虑到贿赂行为可能在晚宴上发生，于是，我们决定兵分三路，分头阻击。第一路，由我约请主管自来水 b 厂的市建委主任来院，通报情况，请他配合。主任及时召集自来水厂的主要负责人"商量"工作，防止厂领导卷入这起事件。

第二路，由分管检察长带人找自来水 b 厂设备科负责人调查，扩大线索。这一路很快取得成效。这位负责人承认：下午是有两个南通人来联系设备业务，并将一大沓钞票给我看过，但我未拿，他们可能是将钞票塞在我的包里了。赶至自来水厂办公室，检查该包，包内却没有钱。

第三路，由反贪局一名科长带人去各大宾馆寻找南通人。这一路颇费周折，先后跑了七八家宾馆、饭店，最后在北郊的某国际大酒店查到了两名南通人。一询问，正是来宜兴做自来水设备生意的，红色桑塔纳轿车的牌照也对号。同时，在酒店总台查到了寄存的准备行贿的五万元现金。

案情查明了：二十多天前，南通市某水处理有限公司经营部经理戴某、副经理吴某来宜兴自来水 b 厂，在与设备科负责人洽谈设备购销业务中，达成了由南通方按合同标的的百分之三支付回扣的口头协议。这天下午，戴、吴两人带五万现金来宜兴，准备在签订供货合同后即支付回扣。由于厂领导不在厂，合同未签成，南通方即将巨额现金又带回了住处。

一件可能发生的巨额贿赂案被有效地制止了。两位企图行贿的南通人，经过检察官的严肃教育，深刻认识了行贿犯罪的危害，带着既羞愧又感激的心情，拿着发还的五万元现金回南通去了。设备科负责人写下了悔过书，诚恳地表示一定从中吸取教训，决不再犯。市建委主任则动情地说：自来水 b 厂是市政府投资八千万元新建的民生工程，如果这起贿赂案得逞，不但受贿人要受到法律的严惩，而且必然会影响水厂的按期建成和投入使用，其后果不堪设想。

是啊，尽管一番紧张的工作并未增加我们的破案数字，可谁又能否认，我们取得了比破案更好的社会效果呢？

1996 年 5 月

为了异军突起

——老检察曾经的那些事

  苏南无锡，曾是我国民族工商业的发祥地。在 20 世纪 70 年代末，无锡开始兴办乡镇企业，"无农不稳，无工不富"，成为人们的共识。到 80 年代初，无锡的乡镇企业创造的价值，已占据农村社会总产值的半壁江山。1983 年 2 月，邓小平到江苏视察，赞誉苏南乡镇企业是"异军突起"，高度肯定了乡镇企业在国民经济发展中的重要地位和作用。尽管现在经过多轮改制，已经没有了当年乡镇企业的模式，但作为苏南集体经济发展的重要阶段，这段历史是不容忽略的。

  乡镇企业的异军突起，现在说起来好像很轻松，其实，在当时的历史条件下，乡镇企业起步创业，是十分艰难的。乡镇企业起步于改革开放前期，那时，还是计划经济体制时代，缺资金、缺人才，困难很多。勤劳的无锡人发扬"四千四万"精神，找原料、找市场，乡镇企业在夹缝中求生存，求发展。特别是在改革开放初期经济运行双轨制的情况下，乡镇企业的发展，遇到了很多新的法律问题。由于法律制度的严重滞后、缺失，影响着乡镇企业的健康发展，也考验着每个执法者的执法水准和聪明才智。按照 1980 年 1 月 1 日实施的我国

第一部刑事诉讼法的规定，乡镇企业的经济类犯罪案件归检察院管辖，由检察院直接侦查（直至 1997 年 1 月，修改后的刑事诉讼法实施，此类案件才划归公安管辖）。当年，我在宜兴市人民检察院工作，亲历了检察机关为乡镇企业健康发展保驾护航的过程。为了异军突起，当年的老检察们作了许多有益的探索和努力。

深挖"蛀虫"

那是 1993 年 6 月的一天上午，沉闷的天空黑压压的，隆隆的雷声响起，要下雨了。这时，我们的小会议室里灯火明亮，时任检察长戚中川正主持召开案件分析会，部署一起镇办企业贪污案的侦查。线索来自实名举报，举报的主要内容是，厂长 W 采用虚报发票的手段，贪污十多万，为自己离婚买单。而这家乡镇企业是镇里的骨干企业，也是市里的明星企业，任由"蛀虫"横行，企业必定遭殃。戚检察长严肃地提出了要求：认真查，彻底查。作为分管侦查的副检察长，我直接组织指挥了该案的侦查。

乡镇企业是由乡镇政府或集体经济组织出资创办的，从注册登记创立那天起，其身份是明确的，即公有制的大集体性质。因为是农民办企业，先天不足的毛病，除了缺资金、缺技术、缺供销渠道外，还有政企不分、管理混乱等。厂长经理是政府委派的，财会人员是外借外协的，企业管理没有经验。随着企业的发展壮大，企业管理的漏洞也在增大，吞蚀集体经济的"蛀虫"乘虚而入，乡镇企业面临巨大的危机。侵蚀乡镇企业的"蛀虫"是狡猾的，隐蔽的，同时也是肆无忌惮的，它们呈多种形态吞噬着集体经济。在我们查办的案件中，有群蚀群蛀的"窝案"，有内外勾结、吃里扒外的"串案"，还有企业严重亏损，厂长经理却大肆敛财的"穷庙富方丈案"等。面对乡镇企业被严重侵蚀的情况，检察机关重拳出击，深挖"蛀虫"，为乡镇企业的健康发展保驾护航。我们查处的 W 贪污案，从一个侧面证实了这一点。

是年三十五岁的 W，十年前从只有八个人的镇办小厂起家，发展成为固定资产达三千多万元，产值达七千多万元，职工两千八百多名的旅游用品的专业厂家。W 也由此成为宜兴市明星企业家、无锡市劳动模范。然而，W 居功自傲，把集体企业当成了自己的私人企业，毫无法治观念，大肆贪污受贿，用六十万元赃款买离婚。最终受到了法律公正无情的制裁。W 因贪污罪、受贿罪、流氓罪数罪并罚被判处有期徒刑十八年。

保护"能人"

乡镇企业是农民在农村集体土地上创办的集体企业，最先出来办企业的很多是农村匠人，如木匠、泥瓦匠、箍桶匠、钟表匠等。这些匠人见多识广，脑子活络，吃苦耐劳，敢试敢闯，只要给他们一个小小的舞台，他们就会表演得很精彩，他们是创办乡镇企业的"能人"。"踏尽千山万水，吃尽千辛万苦，说尽千言万语，历尽千难万险"的乡镇企业创业精神，就是他们率众在实践中总结出来的。苏南地区正是有一大批"能人"，才使乡镇企业蓬勃兴旺起来。这些"能人"，在企业经营上确实有一套，但很多人缺乏法治意识，无知却"无畏"，什么事都敢做，触犯了法律还不知道，甚至洋洋得意。"能人"犯罪成为乡镇企业的特殊现象。

"能人"犯罪，让检察机关查办案件陷入两难境地。不查，无视法律规定，放任犯罪，失职；查，抓了一个"能人"，往往倒闭一个企业，给集体经济造成重大损失。如何既严肃查办案件，又保护集体经济健康发展，考验着检察官的智慧和执法水准。乡镇企业是最早从苏南地区创建，并迅猛发展起来的。乡镇企业在发展过程中出现的经济问题、经济犯罪都是新型的，司法机关没有遇到过的，罪与非罪、此罪与彼罪，法律没有现成的答案。因而，各地检察机关在查处乡镇企业的案件时，出现了困惑：有的把违法违纪当作犯罪查处，甚至酿成冤假错案；有的怕影响经济发展，对"能人"犯罪不敢查处，一度加重了乡镇企业的混乱局面。

　　"能人"犯罪，其表现形式是多样的。有贪污受贿的，有挪用公款，也有偷税漏税行贿的，还有在追要货款时非法拘禁他人，更有一人犯数罪的。当然，其法律情节也是不同的：有严重犯罪的，有轻微犯罪的，有一般违法的，也有不构成犯罪甚至被诬告的。面对乡镇企业的生存状况，我们逐渐意识到处理"能人"案件的复杂性，认识到应该具体案件具体分析，从"有利于经济发展、有利于社会稳定"的原则出发，既要坚决打击严重犯罪，更要慎重，务必搞准，力求最佳的法律效果和社会效果。成功的经验和惨痛的教训使我们"聪明"起来。结合查处案件的实际情况，我们召开"神仙"会，研究正确处理乡镇企业"能人"案件的对策，形成了统一认识：一般违法的，立足于教育挽救；轻微犯罪的，给机会戴罪立功；严重犯罪的，严肃查处，依法追究刑事责任；对于政策法律一时不够明确的案件，慎重处理。对查无实据或者是被诬告的，公开予以正名。同时，坚决按照程序法的要求，不违规办案。这样做，既符合"一要坚决，二要慎重"、"惩前惩后，治病救人”的刑事政策，也保障了乡镇企业的健康发展。

记得那年的一天，一位镇党委书记来访，告知镇里一名村办厂的厂长被上海某检察院带走十多天了，还没有回来，也没有消息，企业也停产了，请求帮助。按规定，检察机关异地办案，特别是采取强制措施时，要向当地检察机关通报，并请当地检察机关配合。此事明显是违反了此规定。乡镇企业的生产经营，供、销两头在外，加上资金、技术等因素，与全国各地的联系十分紧密，如果任由外地检察机关随意带走人，势必影响乡镇企业的正常生产经营，也会带来执法上的混乱。为此，我们在检察长的带领下，赶至上海检察院了解情况。原来，上海某区检察院在查办一家大型国企的案件时，发现该村办厂与案发厂有业务联系，怀疑有贿赂行为，就派员到厂里调查，因该厂长的“不配合”，就擅自将人带走并刑事拘留。为了稳定乡镇企业健康发展的局面，我们多次请求上海检察机关将此案移交本地处理，最后得到了高层领导同意。当我从上海看守所将该厂长带出来时，他眼噙泪花表示，今后一定会依法办事，将企业办好。经我院认真审查，该村办厂与上海方面只有一般的人情来往和给“星期天工程师”奖金，没有严重违法犯罪的情况，我院依法对该厂长作出免予起诉的决定。幸得当年保护了这位乡镇企业的“能人”，昔日小小的村办厂，如今已是中国建筑业的百强企业，钢构企业的领头羊。国家大剧院、鸟巢等很多国家重大工程，都有该企业的功绩。

“老板”学法

尽管我们在查处乡镇企业的案件时注意采取了一些保护措施和善

后工作，但发案企业的生产经营和发展仍然会受到影响，甚至关闭。随着厂长因犯罪而判刑坐牢，宜兴有两家明星企业也停摆了，集体经济受到了严重损失。人民群众在谴责贪污贿赂犯罪的同时，也为之而惋惜，办案的检察官们心里很难受，作为分管案件侦查的我则更是五味杂陈。忍痛挖疮的现实使我们受到了强烈的震动。办案切"瘤"只能治标，源头防"病"才能治本。我在思考中渐渐萌发了"多抓预防少抓人"的理念。1994年初，市人民代表大会选举我担任了检察长，如何预防和减少企业的经济犯罪，就提上了工作日程。我与同志们充分认识到，在新旧经济体制交替的过程中，由于政策、法律的滞后性和市场机制的负面效应，经济犯罪将会十分猖獗，在苏南这个乡镇工业比较发达的地区，企业人员特别是企业家由于不认真学法，不注重依法经营而步入岐途的为数不少，一旦走上犯罪道路，就会给经济发展带来严重影响。检察机关必须"打防并举，标本兼治"，才能预防和减少犯罪，为经济发展创造良好的法制环境。

做好乡镇企业的预防经济犯罪工作，我们从骨干企业的厂长（经理）入手，从组织他们学法开始。我们利用检察干部培训学校这个阵地，组织乡镇骨干企业的厂长（经理）学习预防犯罪方面的有关知识，共同探讨企业预防犯罪的问题。预防犯罪研讨班分三期，每期三天，集中学习反贪污贿赂、经济合同、会计审计、新税制等法律知识，共同研讨预防企业内部经济犯罪的形式、方法和环节，使他们既当预防犯罪的客体，又努力成为预防犯罪的主体。原先我有些担心，这些骨干企业的厂长（经理）们都是大忙人，集中三天时间，他们能否来得了，坐得住，安得下心？令人感慨的是，他们非常渴望学习法律知识，非常珍惜这三天时间，不仅准时到课，认真听讲，还踊跃发言、研讨。

课间更是热情咨询、求教。大家认为，学习法律，明确了法律要求，不但不会束缚手脚，反而会使我们更加放开手脚搞经济工作。也有人在听完渎职犯罪一课后，立即打电话给厂里，告知厂保卫科立即将看管在会议室的债务人放回，不能非法拘禁他人。

为了能让企业家们得到长期的法律知识学习和运用，我们专门建立了"百名企业家联系制度"，将全市一百三十六名骨干企业家纳入联系网络，编印《检察官与企业家》工作通讯，为他们提供长期的定向的法律服务。让我们这些老检察感到心慰的是，通过学法，法治意识已置入企业家心中，当年的这批骨干企业家，从未发生因经济犯罪被追究刑事责任的案件。

围绕乡镇企业的健康发展，为了异军突起，老检察们还做了许多开创性的工作，如：在全国率先成立"经济犯罪预防中心"，实践中摸索出有效的"多侧面工作，立体式预防"工作模式；在办案中，努力为企业挽回经济损失；与外地相关检察院建立协作网络，既相互支持办案，又保证规范办案，不影响企业正常生产经营，等等。

回想当年为了异军突起所做的工作，我们这些老检察都充满了自豪感。

2023 年 2 月 23 日

圆　梦

如果有人问我，改革开放四十年，个人最大的收获是什么？我一定会毫不犹豫地告诉他，是圆了我的大学梦。

人生最大的痛苦之一，就是该读书时没有书读。1966年9月，考入江苏省宜兴第二中学初中的我，就遇到了这样的痛苦。疯狂的史无前例的"文化大革命"，老师成了反动学术权威，校长成了走资本主义道路的当权派，通通靠边站。我的父亲是该校校长，首当其冲被打成走资派，我则成了黑七类子女。开学之初，还能上几天课，没多久，闹革命的风波传来，学校就全面停课了。我的大学梦成为泡影。三年没读到书，却给我发了一张初中毕业证书。我揣着这张证书，插队农村，入伍当兵，进厂做工。1976年10月，十年灾难结束。1977年9月，恢复高考，教育的春天终于来了。然而，面对美好的春天，我只有自卑，是没有文化的自卑。除了工农兵的艰苦经历，缺少文化，没有专业知识。恢复高考，因为没有起码的高中文凭，我连报名的资格都没有。尽管我也努力，报名上夜校，自学初中数学，函授语言与逻辑课程，那只能算是开始学文化而已，离大学远着呢。正当我和与我的情况差不多的仍有大学梦的人们还在苦恼时，福音来了。1978年12月召开的党的十一届三中全会，迈出了改革开放的步伐，国家开启了自学考试的大门，我、我们可以圆梦了。

自学考试是我国经受了十年的文化创伤后，针对文化断层所设置的高等教育形式。1981年，经国务院批准，我国建立了对社会人员以学历考试为主的高等教育国家考试。制度规定，参加自学考试的考生，不受已有教育程度的限制，都可报名。经过自学，通过国家组织的统一考试，全部科目成绩合格，即可毕业。国家颁发证书，承认学历。此时，我已选调到重建的检察机关工作，不仅渴望圆大学梦，更渴望获得专业知识。面对国家畅开的自考大门，明知自己文化基础差，明知是宽进严出，还有繁重的检察工作，参加自考将会遇到重重困难，我仍毫不犹豫地一脚跨了进去，报考了法律专业。1984年上半年，我首次报名参加自学考试。从此，自学考试成了我的"业余爱好"。

自学考试在我国是一项新生事物，作为国家考试，其要求是十分严格的。法律专业有马克思主义哲学、政治经济学、大学语文、法学概论、刑法、民法等十三门课程。每年开考两次。每门课得60分为及格，不及格的课可以继续考。对考生而言，既是机会，更是考验，因为自考的及格率只有百分之三十左右。许多人只参加一至二次考试，就逃之夭夭了。参加自学考试，我的体会是，在严格的国考面前，来不得半点偷懒和投机取巧。自学考试有四个特点：一是考题范围严密不疏。区别于普通高校考试，自考没有复习重点，所谓的考试大纲，就是课本的缩小版。自学考试课本的任何一页内容，都可能成为试题。我曾考到过一道填充题，就来自课本前言中的一句话。大学语文中那么多古文，谁也猜不中要默写哪一段。二是考试题型调整变换。自考基本题型有填空、选择、判断、简答、论述、案例分析等，但每年都会调整变换，时政内容也会增加进去。一个知识点可以变化为多个题型，一不小心就会答错。我考哲学这门课时，试卷中的判断题竟然是倒扣分的。答错要倒扣分，在本大题内扣完为止。三是批阅试卷严格不照顾。听说普通高校考试是不会得59分的，而自考就有，我是其中之一。刑法是我履职的主要内容，刑法课也是我学得最好的一门课，然而，这门课只得了59分。原因不是考得差，而是我质疑最后一道案例题出题不规范，在试卷上写了看法，被扣卷面分了。而且是扣到不及格。尽管后来有教授在《江苏法制报》撰文，也是质疑该题，但我无法申辩。四是考试纪律严肃不息。自学考试规定明确，处罚严明。监考也是十分严格的，考场监管有序，考生自觉规范，自考几年没有听说有作弊丑闻。

面对神圣的国家自学考试，我诚惶诚恐。只有小学文化基础，直接自学大学课文，唯有笨鸟笨飞，用最笨的办法苦读，学透每一门课程。一本课本反复读，直到读懂为止。一条条原理、一个个概念力求明白熟记。法律条文众多，条条不能忽视。那时没有互联网，为了弄懂一个难题，要想方设法查找资料搞明白。我与公安、法院的学友组成三人小组，经常研究交流，探讨难点重点，还互相出题测验，提高应试能力。在学透弄懂的基础上，能顺利通过考试检验是关键。学习中，我摸索出了模拟试卷的道道，将书本中可能成为试题的知识点找出来，变换成不同题型的试题，整理出N套试卷复习，对我顺利通过考试帮助很大。后来，每次考试结束，我都会用半小时左右时间还原出试卷，并测算出大致相当的得分，也是得益于此办法。

自学考试是艰辛的，除了学习上的困难，还有诸多矛盾必须解决。

那时正值三年"严打"，案件繁多，工作紧张，加班加点是常事；那时儿子尚小，只有两岁多，双职工家庭家务事多。坚持自学是要有毅力的。多学知识，圆一个大学梦，始终是我不懈努力的动力。三年半时间，减少社交活动，放弃娱乐休闲，挤出时间刻苦攻读，增换了两付近视眼镜足以证明。功夫不负有心人，只要下工夫，梦想是可以成真的。十三门课程除刑法学考了两次，其他都是一次性通过，平均成绩 72 分。1987 年 12 月，江苏省自学考试指导委员会与南京大学联合给我颁发了高等教育自学考试毕业证书。鉴于我自考毕业后，能用学到的法律知识指导实践，结合实践开展理论研究，取得了较好的成效，江苏省自学考试委员会于 1991 年 3 月，表彰我为江苏省自学考试优秀毕业生，奖品是一本书，书名叫《知识溯源大全》。

2018 年 6 月 29 日

淬炼成钢

今年是中国共产党建党 100 周年，百年华诞，风华正茂，披荆斩棘，铸就辉煌。百年辉煌历史的重要经验之一，就是党要管党，从严治党，培养和造就一支高素质的党的干部队伍。对此，我深有体会。曲指算来，我在党也四十七年了。1975 年 11 月，在参军入伍的第三年，二十一岁的我光荣地加入了党的组织。四十七年来，在党的阳光雨露哺育下，我接受党的教育，追随党的事业，从一个懵懂青年成长为党的基层干部。我当过支部书记、党（组）委书记，也当过党的纪委书记，对党组织的培养教育，我十分感恩。

党组织的培养教育形式是多种多样的，也是长期不断的。政治学习我参加过无数次，令人难忘的是各级党校的培训学习。党校是我党的政治学府，是党性锻炼的熔炉。在党校学习，既获得了学历，也提升学力，更有政治信仰的浸润，让我在增长知识才干的同时，更加坚定了共产主义信仰。党校是我人生的"加油站""炼钢炉"，很多次在党校这座政治熔炉里淬炼，使我逐步成长成熟。

1984 年下半年，为了提高青年干部的文化素养，宜兴市委党校开办了政工专业中专班。经单位推荐和文化考试，我有幸被录取。中专班共有一百多号学员，分两个班上课。开设的课程除了文化课，还有政工专业的专业课程。学制两年半，其中半年是回单位进行社会调查，提交毕业论文。这两年半的脱产学习，对我而言，十分宝贵。这是我人生第一次进党校淬火锻造，获益匪浅。我是69届的初中毕业生，因为文革，实际上只有小学文化。两年半的学习，使我的文化知识、党性修养都跃上新台阶。同时，我还充分利用脱产学习的机会，同步参加高等教育法律专业的自学考试，获得了九门单科结业证书，法律专业学识也同步提升。

党校还举办中青年干部培训班，简称中青班，是党组织培养后备干部的学习培训班，着眼于提升中青年干部的综合素质。感恩组织的关怀，我曾两次进入中青班学习，每期三个月。1991年9月，我参加宜兴市委党校首期中青班学习，担任支部书记。1992年9月，又参加无锡市委党校第十三期中青班学习，担任第一小组组长。在中青班，学习和生活是严肃活泼、紧张高效的。除了专业课程，还组织演讲、辩论；轮流主持集体活动；调查研究、写专题报告；处置突发事件演练，等等。每次学习都是淬火，增强政治能力、科学决策能力和党性修养的韧劲和硬度。每次学习回来，组织上又加压工作重担。

在省委党校研究生班学习，是我职业生涯的又一次及时"加油"和重要淬炼。2002年9月至2004年12月，在省委党校科学社会主义法制专业在职研究生班学习，圆满完成学习任务，被表彰为优秀毕业生。结合工作实践撰写的毕业论文《预防职务犯罪的社会化问题研究》，获江苏省"预防职务犯罪、我们共同参与"征文一等奖。此时的我，文凭已经不重要了，重要的是高层次的系统学习，使我在内在素养修炼上得以大提升。

党是我们思想上的领路人，党校是思想提纯和党性锻炼的大熔炉。我的成长过程，就是不断接受党校淬炼的过程。井冈山干部学院、浦东干部学院和中国纪检监察学院都曾留下我读书学习的身影。党的不同时期的重要理论创新，如邓小平理论、三个代表重要思想、科学发展观和新时代中国特色社会主义思想等，我都到党校接受过专题培训，用党的创新理论最新成果武装头脑，指导实践，推动工作。没有党组织的培养教育，就没有我的成长，党恩永不忘。

2015年11月，省委给我下达了退休命令，接到通知，我有感而发，写下感言：四十六年工龄截然而止，四十一年党龄还在延续。多读点书弥补缺憾，再尽点责促进和谐。人生绵长迎来新的时光，健康快乐展开新的篇章。是的，我还不能算是老党员，还没有资格获得"光荣在党50年"纪念章，但党龄还在延续。只要在党，就要继续学习，做到思想不偏，初心不忘，永远跟党走。

2021年3月31日

忆起扬帆启航时

——政法综治纪事

在 2021 年 12 月 15 日召开的"平安中国"建设表彰大会上，无锡市荣膺"平安中国建设示范市"称号，并蝉联"长安杯"。这是无锡全市上下奋力拼搏，全域创建十多年的成果，来之不易。这其中也离不开平安建设的职能部门——政法委综治办的不懈努力。十分有幸的是，在平安建设的启航之初，我于 2004 年底至 2007 年在市政法委工作，直接参与了"平安无锡"创建工程，做了许多打基础的工作，往事记忆犹新。

边干边学

2004 年底，我调入无锡市政法委，担任副书记兼综治办主任（主持工作）。政法委是党委领导和管理政法工作的职能部门，与当时的社会治安综合治理委员会办公室合署办公。有人告诉我，政法委的工作是没有什么压力的，到政法委去，就是等退休的。然而，事实并非如此。在外人看来政法委综治办是个清闲单位，实质上工作任务很重，往大里讲，要指导、协调、监督、检查政法综治各部门开展工作，维护社会稳定。在实践中，具体工作很繁杂：既要协助市委抓好政法队伍建设，开展执法监督，又要协调争议案件，协调处置涉法涉诉上访，指导协调流动人口管理，还要组织开展"平安无锡""法治无锡"建设。2005年正是第一轮"平安江苏"三年建设的收官之年，市委要求必须确保首批进入全省"社会治安安全市"行列，如此可见此岗位主动性强、责任性大。政法综治工作还具有应急性，一有情况就得冲到第一线。记得那年年底，我还没有正式到岗，就接到市委办通知，告知滨湖区有多人已赴京上访，要我及时处置。我连夜召开协调会，组织力量即时赴京，将上访人员劝阻回锡。我虽然长期在检察机关工作，熟悉政法口情况，但要担当如此重要责任，缺乏工作经验。面对极富挑战的工作，唯有努力学习，勤奋工作，才能不负组织之希望。

新官上任，先烧了"三把火"：学好文件，吃透上级工作要求精神；抓紧调研，摸清本市实情底数；外出取经，采掘攻玉之石。在此基础上，我找准工作定位，理清了工作思路。

在多年的工作实践中我体会到，部门或者个人想干好工作，其前题是找准工作定位，既不越位，也不移位，更不脱位。政法委综治办如何正确定位，我反复思考，清楚地认识到，政法委就是党委政府的"参谋部"，要为党委政府摸实情，出主意，抓落实。我曾形象地比喻道，如果党委政府是在三楼，政法综治各部门在二楼的话，那么政法委综治办就在二楼半，在二楼到三楼中间转弯的平台上。政法委不是领导机关，也不是具体职能部门，但要代表领导机关履行管理职能，且不能越权替代职能部门的具体工作。工作定位明确了，工作思路就能清晰起来。在学习、调研和集思广益的基础上，我们向市委市政府提出了年度的具体工作意见，经全市政法工作会议转化为市委市政府的工作部署。

2005 年，我们瞄准创建全省首批"社会治安安全市"的工作目标，抓综治成员单位的职能任务分解，严格检查考核；抓联席会议制度，解决疑难复杂问题；抓基层组织建设，夯实基础；抓工作创新，领跑平安创建。同时，把平安创建细化为"平安社区""平安学校""平安景区"等二十多个子项目，各项措施落到实处，推动了基层社会治安综治工作扎实开展。当年，无锡平安创建工作跃入全省前列，首批进入全省五个"社会治安安全市"的行列。

"新"光灿烂

进入新世纪以来，无锡在改革开放的浪潮中挺立潮头，在经济建设快速发展的同时，遇到的新情况很多：新类型的案件不断出现；流动人口大量增加，外来新市民不断增添；因社会矛盾激化的治安案件、刑事案件剧增；涉法涉诉、越级上访等不稳定因素有增无减等，这些都是政法综治工作面临的新课题新挑战。新的课题要有新的办法，新的挑战要有新的实招。市委总揽大局，于 2005 年初，发出《关于在全市开展创新大讨论的意见》，号召全市上下开拓创新破解经济发展和社会管理中的难题。对此，我认真作了思考和研究。

政法和综治委各单位是社会管理的职能部门，各自具有法定的职能权力，是社会管理的主力军。而社会管理是一个系统工程，需要各单位携手共同努力创新，才能破解新的工作难题。市委政法委应该搭建一个平台，推动和促进政法综治社会管理的整体创新联动。为此，我在委务会上提出了在全市"开展平安无锡建设创新成果展示评比活动"的建议。我设想：全市政法综治部门和基层政法委围绕"平安无锡"建设中的热点、难点，去着力创新，创出亮点，创出成效。年初由各单位申报创新项目方案，经政法委审核同意立项后开展工作。年中督查推进，年底进行成果总结展评，以社会效果为标准，对优秀的创新项目予以表彰奖励。我的建议得到了委务会的赞同。上报的实施意见得到市委领导同意后，政法委以文件形式下发施行。我记得2005年各单位创新热情高涨，全市共立创新项目五十八个，年底有二十个项目参加全市成果发布，分别获得一、二、三等奖，其中市检察院和市中级法院的创新项目获得了一等奖。这项活动彰现了政法综治部门的创新动力和创新能力，推动和促进了"平安无锡"建设。

一项好的工作举措，是会有旺盛的生命力的。自2005年第一次创新成果展评活动起，历届政法委领导都高度重视这项工作，每年坚持开展。十七年来，共有两百多个项目获奖，硕果累累，成效显现。应该说无锡市荣膺"平安中国建设示范市"称号，蝉联"长安杯"，与这项工作的坚持开展是分不开的。

如果说，2005年第一次的创新成果展评是"新"星之火的话，那么到2021年就已经是"新"光灿烂了。

打"霸"归来

改革开放以来，无锡的城市建设日新月异，城市规模不断扩大，新建的居民小区一个比一个气派漂亮。装修新房和搬迁新居成了锡城亮丽的风景。然而，在美好生活的交响乐曲中，出现了不和谐曲调，出现了黑色的杂音，居民在装修新房的时候，遇到了"搬霸"。

所谓"搬霸"，就是有人占地为王，霸王搬运，在居民小区强迫为装修的住户搬运装修材料，要价高，还按楼层递增价格。居民不但不能还价，还不得自己搬运，否则就会遭到暴力干扰。居民纷纷投诉，但物业公司和公安派出所管得了一次，管不了长期，"搬霸"之风在锡城愈演愈烈，居民怨声载道。

2005年9月的一天下午，我办公室来了一名上访者，他是一个居民小区的物业经理。一进门，就朝我下跪，哭着说快救命。我连忙扶他起来，让他慢慢说。原来他管理的居民小区也出现了"搬霸"，他出面管理，不允许霸王搬运，"搬霸"不但不理睬，还出了阴招：在他儿子上学的小学门口，拦住了他儿子，摸着小孩的头说，回去告诉你爸，不让我们在小区搬运，小心你的脑袋。吓得他连忙向公安机关报案，又到政法委来求救。他还告诉我，"搬霸"不只在他的小区有，锡城其他新建小区都有，政府再不管的话，老百姓就没日子过了。此事引起了我的警觉，我连夜向时任市委副书记、政法委书记的周解清同志作了汇报。周书记高度重视，指示我马上组织力量调查面上的情况，向市委汇报。

短短几天的调研，掌握了锡城"搬霸"的初步情况。自2003年以来，锡城新建居民小区（大厦）有一百二十六个，几乎都有专门搬运队在强搬，有关部门接到的投诉有五百多起，也已处理了两个小区的问题。这些搬运队的组成是由城乡拆迁队、港口码头的搬运队和装潢公司等演变而来，也有注册的个体户。其特点是以安徽或苏北等地的同乡为纽带，形成一股股强恶势力，用暴力为手段抢占地盘，以强行搬运获取高额利润。以奥林花园为例，共有五百九十六家住户装修，每户搬运费起价七千元，按楼层递增最高为一万八千元，其利润超高，但从不交税。"搬霸"逐步形成气候的原因是多方面的，既有有关部门的管理不作为，失管失控，也有法规制度的滞后，更有分享其利的保护伞作怪。"搬霸"是带有黑恶势力的行为，如不及时将其铲除，不仅严重侵害人民群众的利益，还将严重威胁人民群众的安全感。

我们将调查情况向市委作了专题汇报，市委领导高度重视，批示严打。随后，市委市政府专门召开大会，部署了打击整治"霸王搬运"违法犯罪专项行动。政法委综治办制定了《全市人力搬运市场整治清理工作实施方案》指导打"霸"行动。市委周解清副书记坐镇指挥，政法部门重拳出击，工商税务、城管房管等职能部门密切配合，几个月的专项行动，共摧毁"霸王"搬运团伙二十五个，抓获涉案人员一百五十人，逮捕二十人，劳教二十一人，治安处罚四十四人。一个时期以来横行新建小区内欺行霸市、哄抬物价、斗殴滋事、恐吓敲诈百姓的涉黑涉恶"搬霸"团伙受到沉重打击，人民群众拍手称快。在此基础上，政法委综治办又牵头起草了《关于规范住宅小区（大厦）内人力搬运服务管理的意见》，提请政府常务会议审议后，市政府发文实施。市房管局、工商局、物价局、地税局和民政局都先后出台了部门管理规范，为彻底铲除"搬霸"生存土壤提供了法规保障。

在市委的正确领导下，一场严厉打击"搬霸"的行动大获全胜，不仅铲除了黑恶势力，还清查处理了一批"保护伞"，实施人力搬运市场的长效管理，还居民小区的清净安宁。

打"霸"归来，锡城天空"红霞飞"，小区居民喜笑颜开，市民安全感又回来了。

"八大举措"

2006 年 4 月，中央政法委在苏州召开全国社会治安综合治理工作会议。根据通知，会议前夕，中央政治局常委、政法委书记罗干同志将率领中央政法各部门的主要领导在到达无锡硕放机场后，顺道视察无锡的政法综治工作。通知还明确，直接到基层视察，不开会听汇报。这是中央政法口领导首次集体来无锡视察检查政法综治工作，市委要求政法委做好充分准备。

时任无锡市委政法委书记的戴解平同志召集我们开会研究迎检工作。选几个好的基层点，让中央领导视察，这个好办，我们有典型，有基础，只要做好点上的接待准备就行。难的是，如何在领导不坐下来听汇报的情况下，让中央领导了解和掌握无锡全市的平安创建工作情况。几经商榷，我们选定了谈渡桥社区外来人口出租屋管理室、公安沪宁高速大队等五个单位作为视察点。同时，制作一批展板，内容为全市的平安创建情况，在视察第一个点时，先让中央领导观看展板，了解无锡平安创建的情况，替代工作汇报。根据分工，由我负责展板的制作，并在领导视察时，向领导介绍展板的内容。

领到任务后，我与同志们一起研究起草展板脚本，从发动群众、加大投入、立体防控、教育调解、创新管理等八个方面总结出无锡社会治安综合治理的做法。内容很实在，有高度也有实践成效，大家一致认可。但我感觉内容较多，领导看了记不住，能否概括成一句话，让领导记住无锡的做法。我与同志们反复商量，最后总结提炼为"无锡八大举措创平安"。"八大举措"就是：大发动、大投入、大防控、大调解、大服务、大教育、大整合、大创新。我们结合"八大举措"

的内容，配选了工作照片，制作了十八块展板，为向罗干等领导同志汇报做好了准备。

4月27日，罗干同志率中央政法各部门的主要领导，在省市领导的陪同下，视察了无锡社会治安综合治理工作。在南禅寺街道谈渡桥社区的路口，罗干等领导边认真观看展板，边听我介绍。看完展板，罗干同志颇有感慨地对省市领导说，"无锡的八大举措丰富了社会治安综合治理的内涵，值得借鉴"。在后来的苏州会议上，罗干同志又一次肯定了无锡的"八大举措"。

法治"盛宴"

随着2020年5月，全国人大三次会议表决通过的《中华人民共和国民法典》施行，宣告了我国"民法典时代"到来，建设社会主义法治国家进入了一个新的阶段。这让我想起当年无锡法治建设的一场法治"盛宴"。

时光追溯到2006年。那年，实施依法治国方略，建设社会主义法治国家，是一项重中之重的工作，全国上下都在扎实开展社会主义法治理念教育，推进法治建设。年初，市委市政府作出了举办首届中国无锡"法治建设"论坛的决定，目的是将论坛作为法治工作的抓手，开展一次依法治市的大教育，为今后法治建设构筑一个重要的平台。筹备论坛工作的任务交给了市委政法委，时任政法委副书记、市依法治市领导小组办公室主任的我，义不容辞地承担起前期准备工作。怎样才能将论坛办得有质量有影响有效果，我苦苦设想了多个方案，均觉不妥，最后想到了以法治建设为己任的《法制日报》（现已更名为

《法治日报》），法制日报社有资源有阵地也有经验，如果能与法制日报社合作，论坛的举办就会顺利得多。请示领导同意后，我专程到北京法制日报社，请求联合主办论坛。开始，我还担心《法制日报》这样的国家级大报，会不会拿大架子不理睬无锡这种小地方。没想到这个担心是多余的。周秉健副社长热情接待了我，他听了我的来意，不但不推脱，还主动提出怎样办好论坛的建议，让我十分感动。最后与报社敲定了合作举办论坛的协议。

此次赴京，有个小插曲，我记忆犹新。为了提升论坛质量，法制日报社的雷晓鲁总编提议找中国法学会帮忙邀请法学专家，并陪同我找到了时任中国法学会党组书记的刘飏常务副会长，刘会长说，举办法治建设论坛是好事情，要支持，满口答应帮忙，请几位国内一流的法学家到会作主旨发言。正事谈结束了，喝茶闲聊之际，我率性地代表地方政府向刘会长提出请求，可否与中国法学会共同举办论坛？其实事先我并没有得到授权，而是觉得这是个机会，是个好事，就擅自作主了。刘会长笑了，说我们从未与省以下政府合作过项目，不能开这个先例。我不想失去这个机会，赶紧又说，不能共同主办，可否挂个名，叫名誉主办，这样的话为我们请专家也有理由啊。在雷总编的帮促下，刘会长竟然为无锡开了先例，答应名誉主办论坛。这样，论坛的规格又提升了。有了法制日报社的加盟，有了中国法学会的支持，我们对办好论坛的信心更足了。共同主办论坛的大事确定以后，剩下的如征文、邀请嘉宾、组织会务等具体事务，就顺利多了，细心操办好就行。

经过半年多的紧张筹备，2006 年 9 月 6 日至 7 日，由中国法学会名誉主办，法制日报社、中共无锡市委、无锡市人民政府主办的首届中国无锡"法治建设"论坛如期举行。全国人大顾秀莲副委员长到会讲话，法学家马怀德、汪建成在论坛大会上作了专题演讲。来自全国十九个省、市、自治区一百多位论文作者包括二十多位法学专家，以及本市干部群众三千五百多人参会。论坛还分设九个分会场，三十多名论文作者围绕九个专题进行了论文交流。无锡三十个司法和行政执法单位负责人就"法治无锡"建设向大会作出共同承诺。

这是一场高质量的法治建设"盛宴"，新华社、《人民日报》、中央电视台以及中国普法网等三十多家中央媒体记者到会，作了全方位多层次的报道，将论坛成果推向全国，同时也深化了法治无锡建设的对策和工作措施，实现了预期目标。

一次友好的合作，成就了论坛的高规格、高质量，现在忆起往事，感觉还蛮有成就感的。

2022 年 1 月 14 日

一张老照片的故事

我有一张老照片，记录的是 20 世纪 90 年代的事。

那是 1998 年 1 月 13 日，全国检察机关第四次"双先"表彰大会在北京人民大会堂三楼小礼堂召开。在这次大会上，宜兴检察院被表彰为全国模范检察院。时任检察长的我，有幸代表这个光荣的集体，参加了这次表彰会。清晨，京城飘着瑞雪，我与全体代表一起，排队步入人民大会堂，接受中央领导同志的接见。我幸运地被排在第二排的中间，站在中央领导座位身后。会见时，尉健行、罗干等中央领导同志进场后，与第二排的代表亲切握手，恰好到我为止。当尉健行同志与我握手时，《检察日报》的摄影记者肖杰迅速按下相机快门，拍下了这一难忘的珍贵镜头。第二天，照片刊登在《检察日报》的头版。这张照片成为宜兴检察机关重建以来的经典。

那时，我一直有个心愿，就是能有机会让尉健行同志在这张照片上题字，激励我们继续前行。然而，因为众所周知的原因，直到我调离检察机关，也未如愿。

俗话说，机会可遇不可求。当我已经对这个心愿没有希望的时候，机会却来了。

2006 年 11 月底的一天，时任市公安局党委书记的我，在听取警卫处处长工作汇报时得知，已经离开领导岗位的尉健行同志要来无锡调研，脑海中一下子冒出了早年的心愿。我加洗了照片，请警卫处长帮忙，务必找机会请尉老题个字。

12 月 5 号上午，市委接待办给我打来电话，通知我当晚 7 点到太湖饭店，尉健行同志要见我。这个通知很突然，也让我很惊喜。记得那天我正在宜兴办事，接到电话，匆匆赶回无锡，顺路在一家陶瓷小店选购了一把紫砂壶，作为礼物。

晚上 7 点，我按时到达太湖饭店小山贵宾楼。在门口恰遇市委秘书长，他说，你怎么来了？我说，尉老要见我。他很惊讶，说，首长说今晚有事，把原定的活动取消了，原来是要见你啊。他这一说，让我感到今晚的接见真的很特殊了。尉老的秘书已在大厅内等我，他告诉我，首长看了你的那张照片，特意关照我安排见见你。秘书将我引进会客厅入座，他去请首长过来。不一会，尉老面带微笑走进会客厅，就像见到老朋友一样，边与我握手边说，来来来，坐下谈。尉老和蔼可亲，一下子消除了我的拘谨。尉老从那张照片聊起，谈纪委与检察机关联手查办大要案件，谈反腐败斗争的长期性艰巨性。他还关切地问我工作情况，鼓励我继续努力工作。尉老精神状态很好，很健谈。不知不觉间，交谈了近三十分钟。这时，秘书提醒我，首长年龄大了，让首长早点休息。于是，我赶紧拿出事先翻印好的照片插页，请尉老题字。尉老说，不能题字，中央有规定的，我给你签个名吧。说着，他从自己衣袋里摸出一支签字笔，就在沙发旁的茶几上，认真地在照片插页上签上了自己的姓名和日期。我用相机抓拍了尉老签字的镜头。签好字，尉老主动说，来，我们再合个影。秘书用我的相机，拍下了尉老和我两人的合影照。我拿出带来的一把紫砂壶和一盒茶叶，要送给尉老。我告诉尉老，紫砂壶是迎接奥运会的纪念壶，壶嘴、壶盖钮和壶把连成"2008"字样，茶叶是家乡的土特产。尉老拿起紫砂壶，仔细看了看，表示赞赏，然后笑着对我说，谢谢你来看我，礼物我就不拿了，这也是规矩。尉老依然微笑着与我握手道别。

这是尉老与我的第二次握手，第二次合影，我站在会客厅门口，目送尉老上楼，心中泛起一股暖流。我只是一名普通的基层干部，因为一张照片的缘分，尉老竟然推掉其他活动，特殊接见我，让我感动。虽然我的心愿没有全部实现，我已经感到十分满足了。

君子之交淡如水，高洁品行贵如金。这次特殊的接见，让我看到了共和国领导人的风范：亲民，清廉。

2019 年 5 月 9 日

人防情缘

"9·18"是个特殊的日子，上午10时，窗外的防空警报准时响起来了，刺耳的声音穿透幢幢楼宇，催促着人们赶紧疏散，防范空袭。这是我熟悉的防空演练的声音。听着这警报声声，脑海里生成出以往防空演习场景，思绪起我的人防情缘。

人防是人民防空的简称。人民防空是国防的重要组成部分，平时防空袭准备，战时防空袭行动，关乎国家和人民的安危，担负着神圣的使命。许多人对这项使命不熟悉不了解，甚至很生疏。而我却与人防有着割不断的情缘。早在1972年，毛泽东主席发出了"深挖洞，广积粮，不称霸"的指示，随后，基建工程兵部队大量扩编。当年年底，我应征入伍，来到南京军区基建工程兵部队，与人防的情缘，由此开始。

基建工程兵的主要任务就是打坑道，建防空设施，筑"地下长城"。当年，我们部队施工的范围主要在南京及周边，紫金山、王家湾、马群等地都留下了我们坚固的作品。打坑道是辛苦的。当时，部队施工的设备很差，除了运输车、打炮眼的冲击钻外，没有其他机械设备。

人工扒渣、手推车运渣；坑道被复时立模板、混凝土浇注，也是人工干活。一天下来，战士们都是一身汗水一身灰尘。打坑道也是危险的，因为江南的地质特点和安全装备的限制，坑道作业时，各类事故经常会发生，轻则受伤，重则残废、死亡。记得有一次，坑道内放炮结束，开始清理渣土，坑道顶部出现一块巨大的险石，周边的泥土时有掉落。检查安全的连长当场抓我的公差，让我这个卫生员临时充当安全员。他给我一把手电筒，要我盯住这块险石，发现险情及时呼喊报告。这样的任务我是第一次遇到，深感责任重大。我盯着那块险石，丝毫不敢走神松懈。盯着盯着，还老是感觉石头有动静，有危险，更加小心警觉，连大气也不敢喘。就这样我坚持了两个多小时，直到换班，我才松口气，好在有惊无险。这是一次性命交关的体验，让我紧张，也让我感受到了修筑人防工程的艰辛。

在检察机关工作时，与人防有过一次特殊的联系，或者说特殊的缘分：办案。那年，根据知情人举报，我们在人防系统查获了利用职务之便收受贿赂的窝案，挖出人防蛀虫，三人被追究了法律责任。案件办结，还针对案情，提出预防腐败的检察建议，促使"地下长城"更加坚固。

人生还真有那么多的巧合，2011年11月，组织上的一纸调令，我被调至省人防办工作。我曾戏称，四十年前在南京打坑道，四十年后来南京管坑道，这是命中注定的人防情缘。

跨入人防大军的行列，深感使命的神圣。面对现代战争的危险，人防人时刻都要准备打仗。在省人防工作时，我除了分管队伍建设外，还分管过人防指挥、人防后勤保障、人防指挥所建设。三年多，我几乎走遍了全省基层人防办，组织人防演练、检查人防工程建设、考核人防工作。与人防人一道努力，让人防之花开在机关、学校和社区。针对人防系统行政权力运行的特点，我组织纪检监察的力量，全面理清责权关系，科学设计权力运行监督机制，建立起省级人防行政权力运行内控监督平台，全省联网，努力打造人民防空的"阳光工程"。走在人防路上，收获美好时光。三年多，我对人防事业产生了浓浓的情感，与人防人结下了深厚的友谊，这些值得我永远珍藏。

　　连续鸣放三分钟的长声停了，警报解除，防空演练结束了。可我的思绪还在继续，我在想，人防关系国家和每个公民的安危，人防情缘不应只是我和人防人才有，只要世界还不安宁，还会有战争，每个公民都与人防有情缘。

2020 年 9 月 25 日

"豆腐干"的魅力

在我的家乡宜兴，有一项久负盛名的非物质文化遗产，叫做和桥老油豆腐干。和桥镇出产的老油豆腐干以它独特的品位，特有的魅力，传承了上百年。我从小在和桥镇长大，和桥老油豆腐干是我小时候的美食，是我忘不掉的乡愁。

对我而言，还有一种"豆腐干"，也是极具魅力的。那天，我整理书房，在书柜的角落里翻出了"一包豆腐干"：那是一本红塑封面的小采访本，鼓鼓的本子里剪贴了四十多篇我从 20 世纪 80 年代起在宜兴工作时写的"豆腐干"文章。现在翻看着这些"豆腐干"文章，如同咀嚼着美味的和桥老油豆腐干，回味无穷。

时间追溯到 80 年代初的风华岁月。1980 年 3 月，作为全国第一批复刊的县报，《宜兴报》复刊了。当时，我二十六岁，在刚刚重建的宜兴县人民检察院工作，是最年轻的书记员。1982 年初，报社在机关部门招聘通讯员，单位推荐了我，经报社确认，我成为了《宜兴报》的通讯员。为了提高通讯员的业务能力，报社专门组织了学习培训。我记得培训班请来宜兴籍老报人徐铸成老先生讲课。徐老把写稿比作

"烹调"，给我们这些年轻的通讯员讲授了半天写作"烹调学"，受益匪浅。报社给每个通讯员发了一个红色塑料封套的采访本，这个本子后来就成了我的"豆腐干"包装袋——录用稿件剪贴本。

翻开剪贴本，白色的纸张已经泛黄，有的地方呈黑黄色。第一页空白，第二页上贴着《宜兴报》的报头，下面写着"录稿剪贴"，"1983年12月13日收集始订"。应该说，当年我做此事还是很用心的。我对剪贴的四十四篇豆腐干文章粗略分类，有工作动态、案件报道、法律知识、调查思考、征文专稿、小言论等，可谓酸甜香辣口味多种。其中参加征文的文章有三篇，分别获得不同的奖项。值得一提的是，有一篇四百多字的小言论《赞"怕批评"》，被多家报纸采用，引发多人在多家报纸上从不同角度议论"批评"。此文还获得当年度全省县市报好新闻评比三等奖。

翻阅着这一篇篇小小的"豆腐干"，回忆起当年它们对我的诱惑力和吸引力，不胜感慨。当年，就是这些小小的"豆腐干"，给我信心，给我力量，伴我前行。

"豆腐干"给了我自信。让我当报社通讯员其实是赶鸭子上架，自信心不足。因为那个特殊的年代，我这个初中生，其实只有小学文化。书读得不多，写文章就勉为其难了。但既然是领导要我当，就是任务。不说二话，不懂就学。我把报纸上的文章拆开来研究，分析文章立意、结构，研究怎样开头、结尾，然后就学着写。同时，我还报名参加了语言与逻辑函授大学学习，努力提升自我。当第一篇小稿《六百元引起的闹剧》在《宜兴报》刊登出来后，一下子就让我自信了起来。从此，我热心通讯员工作，把检察新闻、典型案例等写成稿件，投给报社，文笔也慢慢顺畅起来。

"豆腐干"促我勤奋。当年写稿，因为没有电脑没有网络，全凭一字一句手写。写好草稿，修改后再誊抄，真正的爬格子。早晨骑上自行车提前出发，将稿子送到报社，再去上班。一篇小稿也要花费很大的精力。人总是有惰性的，繁忙的日常工作已经让我忙得够呛，加上双职工家庭的家务和自学考试的学习，忙了，累了，就不想再动笔了。然而，"豆腐干"的魅力就是那么神奇，一有可写的题材，手就痒，最晚也要写出来。没有人给我下指令，也没有人催逼我，全是自觉的行为。

　　"豆腐干"引我入胜。人无法不思考就动笔，"豆腐干"文章的写作，在教会我勤奋和执着的同时，也使我渐渐养成了勤于思考的习惯。当一篇篇"豆腐干"文章刊登报端，我的文字能力有了较大的提升，也有了"野心"，要写大块头文章。随着高等教育学业的完成，随着工作责任范围的增大，我结合工作写起了工作总结、调研报告、开展法学研究。有很多篇法学论文参加了全国性的学术研讨，发表在国家级的学术期刊或大学学报上。最后结集出版了三十三万字的执纪执法探索与研究专著《守望》。这些成就都是建立在当年写"豆腐干"文章基础之上的，是"豆腐干"的魅力将我引入新的领域。

　　一包小小的"豆腐干"，它静静地躺在书柜的角落，毫不张扬，似乎已经完成了历史使命，而我以为，"豆腐干"的魅力依然存在，至今还在影响着我。"大文章从'豆腐干'写起；大事业从小事情起步"，由此引出的道理是不会过时的。

2022 年 7 月 30 日

印章记录人生

　　印章，是人类文明进步的产物。印者，信也，见印如见其人。从古至今，印章都是盖在重要的地方，印落纸上，便是一诺千金，表示对自己的信誉负责，因而，印章代表着诚信。在人生的历程中，那曾经盖过的一个个印记，如同一个个鲜明的足迹，成为工作、生活的记录。

　　在我的书柜里，存放着几枚个人的印章，这些印章曾在我人生的不同阶段使用，记录和证明着我的人生历程。

　　第一枚印章，是木质方形的，底部大，顶部小，呈立体梯形状，底部刻有我的姓名。这是我人生的第一枚印章，是我的父母在我出生不久，专门到镇上刻字店刻制的，与我同龄。不要小看这枚印章哦，盖上它就能领回我的生活费用。我生于1954年，那个年代对国家机关工作人员实行供给制。八十八岁的老父亲告诉我，当年他在和桥镇团委工作，我母亲在镇妇联工作，工资是执行粮贴制，两人分别按一百斤大米、六十斤大米价格折算补贴。生的孩子享受供给制，第一个孩子发保姆费十八元，保育费十五元。两个孩子发一份保姆费，两份保育费。1955年国家取消供给制，实行了薪金工资制度。十分感恩我的祖国，让我生下来就享受这么好的待遇。我的第一枚印章记录了这段历史。

1970年8月，我响应国家号召，插队落户到农村。作为知青，下乡后有六个月的粮油补贴，到公社粮管所领取。那个年代时兴用印章，而不是亲笔签名，为此，我花两角钱在镇上刻了一枚木质印章，扁扁的，小小的，每次领粮油都盖上此印。后来，生产队年终分红，我也是用此印。再后来，服役当兵到部队，每月领取津贴费，用的也是这枚印章。记得1975年填写入党志愿书时，除了签名，我还郑重其事地盖上了这枚印章。这枚印章不仅有领取钱物身份证明的信用功能，还有我忠诚党的事业的庄严承诺。

从部队复员来到印刷厂排字车间工作，遇到了老朱师傅。他是个刻字雕版师傅，身怀绝技，印刷用的特殊字体、艺术字，都是他一刀一刀刻出来的。我请他为我刻了一枚印章，用的材料是一段半截的大理石镇纸，材料不好，容易爆料。老朱师傅用他高超的手艺，刻出了完满的作品。印章为繁体阳文，苍劲有力，古朴雅致，我很喜欢。爱书的我把它用作藏书章，每买一本书，都盖上这枚章，且统一盖在扉页和第七页左下角。后来新鲜感过了，人也懒了，买书后就改为手写签名了。但这枚印章我一直珍藏着，因为印章记录着我读书的经历，还珍藏着老朱师傅与我的友情。

还有两枚印章是比较特殊的，虽说是私人印章，但却由单位办公室保管，用于公处。。那是我担任基层检察机关主要领导时，组织上给定制的。一枚是铜质方印，标准规格，标准字体，主要用于单位对外的相关文本，包括各类报表，代表单位行使法人代表的权力。另一枚是签名章，由我亲笔书写样本后刻制的。签名章使用蓝色印油，主要用于检察机关相关的法律文书，以及部分检察人员法律职务任免等。两枚印章虽小，但分量很重，那是法律赋予我的一份沉甸甸的责任。检察机关是国家的法律监督机关，担负着打击犯罪、保护国家和人民利益、监督国家法律正确实施的重任。对这两枚印章的使用，我丝毫不敢懈怠，全身心投入工作，把好每一道关口，维护法律的公平正义。这两枚印章我使用了近十年，记录了我繁忙工作和卓有成效的经历。值得欣慰的是，在追求司法公正的历程中，我们没有发生冤假错案，没有出现徇私舞弊，这两枚印章足以证明之。

印章还是一种高雅的文化，在百花齐放的艺术园地中，从不缺少印章艺术的喜爱者和追求者，有两位朋友就是如此之人。华新博先生，我的党校同学，工作之余爱好舞刀刻印。他待人热情，专门为我刻了一枚印章，虽然艺术水平一般，但我喜欢。这不只是有浓浓的同学友情，还有他送我的两句话让我受用。他在印章的两边分别刻着边款："公正执法""法可严不可猛"，叮嘱我正确用权执法，挚友啊！查元康先生，我的老乡，自幼习字，后拜韩天衡为师学习篆刻。元康悉心钻研篆刻艺术几十年，成为非物质文化遗产代表性传承人。他师古而不拘泥，变法中有创新，刻出的印章造型多变，清新秀气。元康为我刻了两枚印章，一枚是"宪法公平"。采用的是朱白间文印的手法，"宪平"两字是朱文，"法公"两字是白文，巧妙地将我的人名和笔名集于一体。我曾将这枚印章图片复制在名片上，用于对外交流，既美化了名片，也时刻提醒我在工作中要维护宪法公平。另一枚是"阳羡法公"（阳羡是宜兴的古称），这是我常用的笔名，也是我的网名。印章篆文线条优美，秀气清新。我将此印用作微信头像，可以天天见到。

这些印章记录的是朋友情深和我的文化生活，虽是闲章，却透着真实的人生信誉。

印章无声无息，但在使用过程中是有生命有温度的，它客观真实地记录着人生的重要节点。印章是神圣的，代表着自己的意志、权利和形象。依法正确使用，将会收获人生的诚信。如果利用印章作假违法，那将使人出丑、蒙羞，甚至受到法律追究。

感谢我的印章，陪伴我走过以往美好的历程，记录我人生的诚信足迹。现在，有的印章已经"退休"，只能作为个人收藏，有的印章仍会发挥作用，在今后的日子里，还会添置新的印章，陪伴我欢度幸福的晚年生活。

2019 年 11 月 11 日

情 感

赋村桥拾忆

近日参观宜兴市文化中心，获赠新书《老家宜兴》。该书历数宜兴山水名胜、历史人文，可谓"传承历史，细数先贤之自家江山；连接乡愁，建构邑人之心灵故乡"。晚上，沏茶灯下翻阅，书中"赋村桥"的图文，引发了我的关注。读完，赋村和赋村桥的记忆，瞬间涌出。我当即致电插图的作者，好友、宜兴美术馆馆长刘明先生：插图画得真好，那就是我记忆中的图像。我告诉他，图中赋村桥边的小楼是我爷爷在土改时分到的老房子。

赋村是一个古老的农村自然集镇，赋村河于村北部穿过，水陆交通便捷，有一条近百米的老街，是方圆十多里地的集散地，有过曾经的小繁荣。自民国设乡至1957年9月，赋村一直是乡级政府驻地。现在并入了周边几个村，是高塍镇的一个行政村。赋村，是我的祖辈参加革命和生活的地方，是我的父辈读书成长的地方。我虽不是在赋村出生成长，但小学时代的寒暑假，都会去赋村住几天，对赋村有着深深的乡情记忆。

赋村的记忆，首先当数那位可敬的老人，我的爷爷蒋孟大。他当年的故事，我记忆犹新。这要从赋村曾有过的特殊阶段说起。抗日战争爆发后，赋村有位曾留学日本的邵姓乡绅，因与一近地日军头目有旧，得"少于光顾"的承诺，致赋村一时成为远近人们争相逃避践踏的首选之地，集镇上的商业、服务业也因此异常繁荣起来。我的爷爷就是那时携家小从和桥镇逃难至赋村落脚的。当时，新四军和中共地下党也将侵华日军骚扰相对较少的赋村作为抗日救亡斗争的重要活动地点，主街中部的王浩然兄弟诊所就是秘密交通站，也是地方抗日武装联络点。1942年，爷爷在赋村秘密加入了共产党，从此投身革命事业。他为新四军塘淓区大队密藏过枪支，密送过情报，为党做了不少工作。最值得称颂的事，是那次成功策反。1943年春，在王浩然的领导和直接指挥下，爷爷多次找原来熟识的和桥日军保安队队长张阿明秘密做策反工作，并且将塘淓区周志泉区长的亲笔信带交给张阿明。1943年夏，张阿明带领日军的和桥保安队三十多条人枪反正，在爷爷的指引下，把队伍拉到新四军塘淓区大队，后被改编为新四军独立二团二营。张阿明的投诚反正，在苏南太隔地区轰动一时，沉重打击了日伪势力，政治影响很大。此事在宜兴市委出刊的《党员知音》杂志中也有记载。而今，爷爷已长眠在赋村，我感觉他老人家似乎仍在关心着赋村的安危和富强。

赋村的记忆，还有那座赋村桥。赋村桥坐落在赋村老街北头，一头连着老街，一头跨河连着通往九苞等村的道路，是当年赋村河上唯一的一座桥，其他地方过河全靠船只摆渡。赋村桥是单孔石梁平面桥，桥面长大约四米，宽两米多。该桥之所以有点名气，是因为该桥绝大部分用料多为牌坊、碑刻等旧料杂件，包括桥墩、桥面、桥栏乃至桥头的望柱石狮，这在全国的桥梁建设中都是少见的。赋村桥小巧，却古质朴实。在厚实的桥墩座上，平铺着六长条石板，有的是牌坊柱，有的是墓碑，做成桥面。南坡九级台阶，北坡十一级台阶。桥上有左右两长条花岗岩扶栏，扶栏南头望柱是用牌坊靠石做成的，扶栏北头是两个石狮子柱子，狮子脸朝外，屁股朝桥面。这样安排，可能是当时只有这些材料，是顺着旧石材做的，尽管不合常理，但桥梁牢固安全。真的佩服造桥的师傅，心灵手巧，这样一些形状各异、材质不一的旧石料，经过他们的巧妙安排，拼建成一座具有江南风情的古典小桥。有了这座小桥，人们上街市更方便，赋村小街也更繁盛。我爷爷的家就在小桥边，是当年土改分得的一楼一底。小时候去爷爷家，因家中人多地方小，门前小桥就是我和小朋友们玩耍活动的主要场所。当年，我们很单纯，没有问过桥的来历，也没有因遍布桥身的墓碑而害怕。我们在桥上放过鞭炮乘过凉，在桥边捉过蜜蜂采过桃；在桥上跳过水，在河边摸过虾；在桥上识认字，在桥坡玩弹子。我们在桥上的欢乐玩耍，也被人们当成了风景。赋村桥，给了我难忘的江南水乡风情记忆。

为了再去看看赋村桥的风采，周日上午，我约了在高塍镇政府文教办工作的堂弟带路前往。堂弟带我重走了一遍赋村老街。百米多长的老街上，只有两处有人居住，其他房屋已经破旧或者倒塌，昔日的茶馆、店铺包括王浩然的诊所，均已不存在，只留街中的石板路和两旁房屋的残形，告诉人们这里曾经是街市。爷爷的老房子连同隔壁人家的已一起倒塌，只留下北边山墙，依靠着墙中的木柱支撑，顽强地挺立着，继续衬托着赋村桥，构成一幅江南水乡风景画。堂弟用水将桥上的石板清洗一下，石板上的刻字立即清楚起来，有"贞节"两大字，有"皇清例赠奉政大夫杨……"落款是"宣统三年"；有"九苞里邵氏十三世清故先祖考文会公之墓"，落款是"十九世孙……重立民国……年岁次戊辰孟冬"等。这些文字告诉着人们，石材曾经的主人和存世的年代。赋村老街的残败荒芜，让人心头感到酸酸的。好在赋村老桥仍然健在，风姿犹存。宜兴文管会已在桥南立了石碑，将赋村桥列为文物控制保护。我相信，随着时间的推移，赋村桥的文物价值将会更加显现，赋村桥将以他特有的存在方式继续服务人们。

祝愿赋村桥康健安好！

2017 年 5 月 25 日

微笑的外婆

　　也许是那天翻看到了与外婆合影旧照片的缘故，近日，外婆微笑的脸庞经常在我的脑海中出现，不由得怀念起她老人家了。

　　我的外婆是宜兴和桥人，外公是无锡荣巷人，是和桥地区有名的牙科医生。在和桥，提起牙医任凤良，老一辈的人几乎都认识。外婆很年轻的时候就嫁给了外公，生了九男二女，我母亲是老大，最小两个儿子，一个比我大两岁，一个比我小一岁。外婆操持家务一生，辛劳了一生。我从小就是外婆带大的，我的奶妈也是外婆帮找的。因此，我与外婆的感情一直很好。在我的记忆中，外婆对我总是微笑着，十分的和蔼可亲。外婆没上过学，不识字，她的名字叫方胖大，可能还是乳名的沿用。尽管外婆没文化，但外婆的生活知识、生活经验很丰富，除了烧得一手好菜，缝补浆洗、防治小病、邻里相处，都得心应手，井井有条。特别是每年春节，在外地的舅舅们都回家过年，拖儿带女几十号人，那阵势，现在接待都有困难。但外婆她老人家面带微笑，指挥若定。借被褥，打地铺，大锅做饭，流水上桌。吃喝拉撒睡，人情往来行，安排得妥妥。而我们一帮差不多大的小屁孩，会在阁楼的稻草铺上疯玩几个晚上。

微笑是外婆的招牌表情。暑假去外婆家，她会微笑着让我送西瓜去医院，给忙碌的外公消暑。半只西瓜里还插着一枝棒冰。当然，外公会给我留下许多。寒假去外婆家，她会微笑着拉我上街，吃一碗热腾腾的豆腐花。1972年底我应征入伍时，外婆匆匆赶到宜兴送我。说了许多暖暖的话，然后去照相馆拍照留念。外婆微笑着和我合影，将微笑的画面定格留下。当然，外婆也有不开心的时候。记得在部队时，当我得知外婆生病，心情不好，即给外婆汇了点钱。钱不多，但我的心意外婆很清楚。母亲告诉我，外婆收到汇款，很开心，逢人便说，病也好了一半，微笑又回来了。记得那年，年事已高的外婆摔了一跤，腿骨折了，她从容应对，配合医生积极治疗。出院那天我去接她回我母亲家。到楼下，我要背她上楼，她笑着问我，背得动吗？我说能行。其实，尽管外婆的体重较轻，但一条腿裹着石膏带，背起来很困难。我一口气将外婆背上四楼，已气喘吁吁。外婆坐下来，笑着对我说，难为外孙了。那透着心疼和喜爱的笑容，我至今难以忘却。

外婆是个特明事理的人。尽管外婆不识字，但怎样做人如何处世，她心里很明白。有空她会听听广播、收音机，因而外面的世界她也清楚。外婆还当过居民小组长，微笑着跑进跑出为居民服务。她不懂法律，但知道不能游戏法律。我曾当过司法机关的领导，有人为了案子要她找我说情，她微笑着回绝。事后，她跟我说，那些人犯了罪还要走后门，你不要理他们。她不懂哲学，但说话做事都透着朴素的辩证唯物主义，特别是对待人生。外婆一生清淡生活，清淡物欲，从不佩带首饰，不着华丽衣装，但始终干干净净，清清爽爽。她的晚年生活是在福利院度过的。每次我去看她，她都说不要带东西，来看看我就开心了。面对人生的归宿，她也很坦然。她早就为自己准备好了寿衣，还经常拿出来晒晒，试试。她对我说，人总有那么一天，不怕的。说话时，仍然是微笑着的。九十六岁那年，外婆因感冒引起并发症离开了我们，到天国去和外公团聚了。

外婆一生默默无闻，与世无争，毫无功名。但她老人家哺育和培养了两代人，为国家输送了一大批有用之才，在祖国的东西南北建功立业。就凭这一点，她老人家也应该是共和国建设的无名英雄。

愿外婆在天国永远微笑。

2016 年 12 月

钻石婚的感悟

　　太湖西岸，陶都宜兴，是我眷念的故乡。那是一方生态文明而神奇的土地，那里有我始终萦绕的乡情、亲情。2012年国庆节，八十二岁的父母亲大人把全部子女召唤到宜兴老家，庆贺他们幸福的钻石婚。在宜兴宾馆的花园里，心理年轻、身体健康的两位老人家抱着两个重孙，四代同堂照了全家福。看着老人慈祥的笑容，看着全家开心的样子，我们都沉浸在幸福之中。是啊，父母的健康开心就是做子女的幸福，真诚地祝福她们健康长寿。

　　钻石婚，六十年的婚姻生活，平淡中有精彩，坎坷中有幸福，多么不容易啊！实现钻石婚是人生的一大幸事，能实现的家庭是不多的，父母绝对是我辈的榜样。回到家中，我一直在想，反复地探究，我的父母是何以实现幸福的钻石婚的。我回忆着懂事以来对父母的认知，回放着父母对子女关爱和教诲的往事，寻找着他们对事业对生活的态度和足迹。突然，有两个字跳进我的脑海：追求。对，答案就是追求，精神追求。在他们以往的人生历程中，他们追求事业的成功、追求平淡的家庭幸福、追求默默的奉献。不断追求，是他们的精神动力，使之实现了幸福的钻石婚。

我的父亲蒋祖霖、母亲任蕴都是解放初参加工作的老党员、老干部，他们经历了自然灾害困难时期的艰苦，经历了"文化大革命"非常时期的折磨，也经历了改革开放后的大好时光。父亲二十五岁就是宜兴的中学校长，也是"文革"中第一批被打倒的"走资派"，但他对党的信念和忠诚始终不变。"文革"后，他率队拼搏，带出了全国一流的重点中学，成为全国教育系统劳动模范。母亲干的是"天下第一难"的工作，带领大家凭着敢闯敢为敢管的创先精神，把宜兴创建成全国最早批的计划生育先进市，省政府把001号计生工作者荣誉证颁发给了她。可以说，他们是事业的成功者。对家庭生活，他们从来没有物质的奢望，至今没有一件像样的奢侈品。他们追求平和、平淡、平安的生活，相濡以沫，恩爱有加；对子女，他们严格要求，身教重于言教。他们省吃俭用，设立家庭奖学金，鼓励第三代好好学习，促使第三代人都学业有成。退休以后，他们有了新的追求。父亲曾说，六十岁以后是人生的第二春。他们把第二春默默地奉献给关心下一代和老龄事业，一干就是二十多年，年年都有新收获，年年都有新的荣誉与我们分享。信念、追求、奉献，使他们愉悦生活，身心健康，成为幸福生活的大赢家。

探究父母幸福的钻石婚姻，我深深地感悟到：人是要有精神的，人生是要有不断追求的，养成健康心态，才能收获幸福人生！

壶纳百茶

　　惊闻谭泉海大师仙逝，伤感万分。谭大师德艺双馨，他五十多年的紫砂艺术生涯所取得的巨大成就，他平易近人、甘于奉献的人格魅力，在业内以及所有熟悉他的人员中是有口皆碑的。因为工作的关系，我与谭大师在 20 世纪 90 年代有过较长时间的联系，习惯以他在人大的职务相称。他如慈善的兄长，给我赠言励志，让我受益匪浅。缅怀大师，往事历历在目。

　　谭泉海主任是民建宜兴主委，1987 年当选宜兴市人大副主任，连续两届。同时期，他还当选为第七、八、九届全国人大代表。当时，我在宜兴市人民检察院工作，与全国人大代表联系，倾听代表意见建议，是我的一项重要任务。因而，我与谭主任有了较多的联系和交谈。与谭主任联系交流是很轻松的，他平易近人，从不居高临下，以监督者自居。对不了解、不清楚的事，他从不发表意见。对看准的、了解清楚的问题，则会直接建言，发表自己的真知灼见。譬如，在严格执法问题上，他指出，检察机关是法律监督机关，要加强对公安法院的执法监督。在查办经济犯罪问题上，他提出，经济发展不容易，不能抓了一个厂长关掉一家厂，要多做预防经济犯罪工作，保护经济发展，等等。这些宝贵的建言，都被我们采纳，切实促进了我们的工作。记得有一次联系活动结束时，谭主任拉着我的手说，今天我要送幅字给你，我昨天特意写的。说着，从工作台抽屉里拿出来，打开给我看，只见清秀的板桥体"慎思求实"四个字跃然纸上。谭主任书法，下笔如刀刻，力透纸背。他笑着对我说，你们检察官执法，一定要慎思求实，不出差错。这幅字，我一直挂在办公室的墙上，上班天天见，助我养成慎思求实的办案风格。

谭主任是个有义之人。他的义，是为民仗义。当了三届全国人大代表，认真履职，为紫砂、为法治、为宜兴的民生与经济鼓与呼，提建议，交提案，作出了他的努力。他提出的保护工艺美术知识产权的建议意见，引起全国人大的高度重视并转化为国家立法。他仗义为公正处理个案而奔走。有一年，外地一家法院，为了一起经济纠纷案件，非法拘禁我市一名人大代表，并扣押镇政府公车。检察机关接报后立即查处，但因外地法院的地方保护而难以进展。谭主任听了我们的情况介绍，拍案而起：这样无法无天还了得。他将我们给他的书面材料，带到全国人代会上。经他向最高法院秉陈，此案终于得到了公正处理，维护了法治的正义。

谭主任还是有情之人。2001年，我调到外地工作后，与谭主任的联系就很少了。尽管如此，我们之间的友谊没变。谭主任对我仍是情谊至深。2003年，我搬迁新居，有了用阁楼改造成的小书房。看着小阁楼的新书橱，我想为小书房起个雅一点的书斋名。于是，我回宜兴找到了谭主任。谭主任问我，自己有什么想法，我试着说了两个名称，他说不好，书斋名不能太正，大俗就是大雅。你看红学家冯其庸的书斋就叫"瓜饭楼",他是不忘家乡的瓜菜饭,多好啊,别人一听就记住了。你的书房在阁楼上,就叫"藏壶阁"吧。这有两层意思:其一,你是宜兴人,家乡有紫砂壶,不要忘掉家乡。其二,你要成为壶。壶能纳百茶,书要纳百家。我顿悟。连连称好。是啊,藏壶阁不是真的要藏壶,而是要藏紫砂壶的精气神:壶纳百茶养自身,壶沏百茶润大家。过后,谭主任专门用紫砂陶板刻了书斋名给我。就这样,谭主任为我题了书斋名,在不经意中又一次为我励志。而今,睹物思人,我会永远记住这份情谊的。

其实,谭主任就是真正具有紫砂壶精气神的人!他一辈子好学钻研,吸纳百家艺术精华,集诗书画联、壶艺装饰、陶刻艺术于一身,又将自己的聪明才智服务于人民,奉献于社会,是真正的大师也!

愿谭泉海大师在天国安好。

2017 年 2 月 16 日

耕山之道

耕山者，乃山间耕耘之人也。

法重如山，执法如山。以法比山，那么，在法治山间耕耘之人，亦可谓耕山者也。有这么一位长者，名如其人，在法治山间披荆斩棘，拓荒开道，培育新苗，让法治之山充满生机勃勃，他就是重建宜兴检察院的奠基人——王耕山。

1978年，十年"浩劫"结束后，检察机关重建，组织上选派1944年参加革命的王耕山担任宜兴县首任检察长。"文化大革命"那是无法无天的年代，检察机关首当其冲被砸烂。浩劫后在法制的废墟上重建，拓荒之难是显而易见的，五十七岁的王老受命于危难之中，组织上看中他的，是一身正气和开拓克难的那股劲。9月，带领刚调入的八员大将，借用公安机关三间办公用房，在法治的崇山峻岭中，王老开始了"耕山"。第二年，我有幸选调加入这支队伍，担任书记员，在王老领导下参与重建，他那大智若愚、刚毅稳健的风采，给我以深刻的影响。此时，一个身材魁梧，鼻梁高大，肩披着深色呢制大衣，面带微笑的身影浮现在我脑海里，耳边仿佛响起他那带有嗡鼻声的山东语音。

王老是山东平度人，解放初期南下到苏南工作。在宜兴担任过镇长、工业交通部长、财贸主任、省宜中校革委主任等领导职务，唯独没有干过法律工作。重建初期，缺执法依据，缺专业人才，缺办案装备。王老凭借他那过人的智慧和胆略，沉着应战，克服自己患有多种慢性病的困扰，以横扫千军如卷席的气概，挺立在战斗第一线。他从平反冤假错案入手，接过党委批捕人犯的权力，依法拓展检察业务；从选调、培训、规范入手，全面提升干警素养，以承担起 1980 年生效的《刑法》《刑诉法》《检察院组织法》等一批法律实施的职责。王老似乎从来没有遇到过困难，永远是那么冷静镇定刚毅，在他饱经风霜的脸上，很难读到"困难"二字。王老平时话语不多，对法律业务也不够熟悉，但他善于听取大家的想法。研究工作，他必让大家充分发表意见。有人偷懒他就点名发问，连我这个最年轻的小书记员也不放过。讨论案件，他总是追根究底，除了事实证据，一定要讲清法律依据。他常说的一句话就是，你们要负责把好事实关法律关，你们把好关了，我就签字。因此，干警们谁也不敢懈怠，久之，养成了学习、民主的良好院风。

耕山有道。短短三年，一支新型的法律监督之军让人们眼前一亮。

何为"耕山之道"，我很难用简单的几句话来概括。下面几个小故事，或许可以有所体会。

"我出庭"　那是 1979 年 3 月，一被告人利用实物负责人之便，贪污了 3900 多元人民币，起诉后，县法院以被告人认罪态度好为由，判处免于刑事处分。此案的量刑，引发了干警的热议。案件讨论会上，大多数人认为量刑畸轻，应依法提起抗诉。也有人认为，抗诉会影响到与法院的关系，让法院自我纠正为好。王老集中大家的意见：依法抗诉。抗诉，那可是重建以来的第一例，承办人面有难色，怕关系难处，怕抗不赢。王老一拍桌子，起身说道，你们负责抗诉，我陪你们出庭。开庭那天，王检察长走上抗诉席端坐，没有说一句话，直至开庭结束。无言的正义，伸张着法治的公正。此案最终由上级法院改判为有期徒刑三年。检察长亲自出庭支持抗诉，检察机关重建四十年了，至今全国也难见，况且重建之初呢。

"我等你" 那天，王老来我们办公室了解工作，我那资深的老科长向王老请假三天，回家处理家事，王老欣然答应，但又跟了一句，讲好三天哦，我等你回来开会。三天后王老问我，你科长回来了吗？我说还没呢。王老火冒了，怎么搞的，讲好三天的，你去把他找来。天哪，我吓坏了。打听到科长的详细住址，紧紧张张乘坐长途班车，赶到丁山汤渡小镇，找到科长家，推门一看，科长躺在床上，病了。当时的年代，交通不便，信息不通啊。我回来向王老汇报，他说生病也得请假吗。在后来的会议上，王老还是严肃地以此为例，强调规矩、纪律。此事让我看到了小事之大。

"我反对" 临近年底，县政府机关事务科的领导找到王老告状，说检察院一名干部抢占住房，要求严肃处理。原来，机关事务科新近调配了一批住房，我院一位中年干部四口之家只住半间公房，却未得调配。为此，刚得调配的邻居，将原住半间公房的钥匙私下给了他。王老了解清楚情况后，电话打至机关事务科声讨，你们分房不公，还让我处理干部，我反对。王老不仅没处理这位干部，还让他安心在那私得的公房里住下去。此事让所有干警为之敬佩。

润物细无声。我想，耕山之道就是在这一件件小事中所体现出来的那么一种精神一种规矩一种情怀。

王老离开我们已有多年，但耕山之道仍在传承，宛如盛开的烂漫山花。

2019 年 3 月 18 日

风骨男人

　　我一直认为，是男人就应该有风骨，那种刚正的气概、有担当而不屈的风度，这样的男人才能干成事。我所熟悉的中川先生就是具有风骨的男人。

　　中川先生中等身材，偏瘦，颧骨在瘦削的脸庞上显得有点高，因为双腿半月瓣有伤，走路还带一点外八字。他眼睛不大但很有神，说话的时候喜欢看着你，早年在青海省海西州的政法工作经历，炼就了他的精明干练。

　　中川先生生于 1939 年 1 月，长我十五岁，于我而言，亦师亦友。我们的工作交集是在宜兴检察院。我于 1979 年底在重建检察院之初，调入宜兴检察院担任书记员。中川先生是 1983 年 10 月调入宜兴检察院，担任副检察长，第二年 5 月，担任检察长，是至今为止宜兴检察院任职时间最长的检察长。他是我的领导，也是我的师傅，在他领导下工作，不仅增长了业务才干，也学到了很多处事方法和为人之道。后来，我们在一个班子的战壕里并肩战斗，我们之间又多了一层战友情谊。中川先生以他坚韧、刚正的气质，引领宜兴检察院向前再向前，跨入全国检察机关排头兵行列，受到最高人民检察院的通令嘉奖。工作中，中川先生那极具个性的行为风格，无不彰显出他的朗朗风骨。

"我承担" 80年代，是我国第一部刑法刑诉法实施的初始阶段，人们对新法的实施还不适应，一切都在学习摸索中。当时，我在检察院的法纪部门，专司渎职犯罪检察工作。因为检察机关刚刚重建，直接查处渎职犯罪案件没有经验，困难很多，加上又是新刑法规定的新类型案件，法律条款也很难把握。查办这类案件既要排除干扰，查清犯罪事实，又要统一上下左右对案件的正确认定，还要抵御来自方方面面的压力。面对种种困难，中川先生敢于担当。那些年，我们查处了这样一些案件：外科医生在手术时，将止血钳遗留在病人的腹腔内，造成严重后果案；派出所民警为犯罪分子通风报信，致使犯罪分子逃跑案；钢铁厂大检修时，两名工人一氧化碳中毒死亡案；建筑设计师擅改设计，造成三人高空坠落死亡案等。当时，我们科室人员都是检察业务新手，面对这些听起来就很棘手的案件，如何侦查，如何认定，心中无底。作为曾当过检察官、法官和律师的老政法，中川先生坐镇指挥，与我们办案人员一道，研究侦查方案，讨论定性定罪依据，为办案扫清阻力障碍。在办案中，我们这些承办人都明显感到有压力，既怕办错案，又怕影响关系得罪人。我们也知道作为检察长的中川先生，他所面对的压力肯定是最集中也是最大的。然而，中川先生把所有的压力自己扛，无论何方压力到他那里就终止，从未向我们传递任何压力信息。他总是坚定地对大家说，检察机关要对法律负责，对人民负责。你们不要怕办错案，也不要怕得罪人。我们只要查清事实，全面收集证据，就能客观公正地作出正确的结论，有责任我会承担。就这样，他用超强的抗压能力，为干警撑起抗压伞，打出了查办渎职犯罪的新局面。

"你让让" 那年,我从市委党校学习毕业不久,中川先生找我谈了一次话。他说,近期院里要提任一批检察员,你也符合条件,但因为名额限制,这次你要让让。当时我是一楞,听完中川先生的解释,我理解了。是的,我脱产学习两年半,还拿到了中专文凭,而其他同志在岗辛苦工作,付出比我多,凭什么好事让我独占呢。况且,以后人大任命检察员要看文凭了,那些还没有获得文凭的战友,如果现在不解决,今后要提任就困难多了。中川先生亲自找我谈此事,那是他的工作方法,是对我的尊重。从这件小事中,我看到了中川先生的公平与磊落,学到了他的领导艺术。后来,我接替中川先生的职务,当了领导,我也力争公平公正地做事,努力将"一碗水端平"。

"他无罪" 从 80 年代起,苏南的乡镇企业异军突起,然而,因为乡镇企业的先天不足,经济问题乃至经济犯罪频出。又因为法律的滞后,在处理乡镇企业经济案件时,各地轻重不一。那天,一位镇党委书记来访,告知镇里一名村办厂厂长被 H 市检察院带走配合调查,十天了还没回来,工厂就瘫痪了,请求检察院过问此事。中川先生一听就明白了,不经当地检察机关同意带走人,那是违规办案,此事应管。第二天,中川先生带我赶至 H 市,得知是 H 市一区检察院在查办一家大型国企的案件时,发现与该村办厂有联系,就悄悄将该厂长带回审查,又因其"不配合",将其刑事拘留。如此办案,怎么会有良好的经济发展环境。中川先生为之奔呼,九上 H 市,甚至惊动了高层领导,终于促使 H 市检察机关将此案移送我院处理。最后查明,该村办厂在与 H 市国企的经济交往中,只有一般的礼节性往来和给"星期天工程师"奖金。中川先生肯定地说:"他无罪!"最后,检委会认真研究，作出了免予起诉的决定。幸得中川先生的刚正坚毅，保护了乡镇企业的"能人"，昔日小小的村办厂，如今已是中国建筑业的百强企业，国家大剧院、鸟巢等很多国家重大工程，都有该企业的功绩。

几年前，中川先生得了大病，在上海做了手术。手术后的第二天，我赶到上海去看望他，在重症看护室的病床前，他抓住我的手，弱弱地告诫我，要干好工作，更要保健好身体。斯人已逝，这声音却常常在我耳边响起。

中川先生姓戚，宜兴高塍镇人。写下此文，是想让大家记得——他，是一个有风骨的男人。

2022 年 12 月

雪情诗意

那天下午，天灰暗下来，2018年无锡的第一场雪在天气预报的引导下，如约而至。开始，雪下得不大，雪花夹在微雨中飘落。渐渐的雪下大起来，漂漂洒洒像个样子了。我看着窗外，禁不住说了一句，下雪了。话音刚落，正在书桌前练写字的孙儿康康喜出望外，站起来看窗外，又快速走到窗前，"真的哎"，他兴奋地喊起来。

康康今年刚入学，读一年级，这两天因生水痘在家休息。他自小就喜欢雪，每当下雪，他都会伸手去抓雪、踩雪，堆雪人，打雪仗，甚至在雪地里打滚。毛泽东的《沁园春·雪》，他能有声有色地背诵，《我爱你，塞北的雪》他也能唱上几句。为此，我曾专门带他去北海道赏雪，去东北看雪。在东北他居然学会了滑雪。

康康移开一点窗户，将手伸出接雪，雪入手即化。他不甘心，将衣袖拉下点，用衣袖接雪，几朵雪花飘落在衣袖上，他开心地跑向我，"爷爷快看，雪花多漂亮。"是啊，几朵雪花停歇在他衣袖上，晶莹剔透，让人喜欢。

康康回到窗前，默默地看着窗外漂洒的雪花，似乎有所思。突然，他回过头来对我说，爷爷，我想说点话。不等我回答，他对着窗外的雪花，自顾自地说起来。我见此状，不敢出声，静静地听他说。

康康富有情意地在说：雪花啊雪花，我喜欢你，你下吧，下吧，下得越多越好，因为水痘，家长不会同意我下楼，不能和你玩。你多下点，我就可以多看看你……

我只顾听他有情有义地在说，想拿手机把他的语音录下来时，已经来不及了。想不到这小家伙感情还蛮丰富的，与雪对话，诗意绵绵。

我走到康康的身边，对他说，这雪再下大点，下多点，我们明天就可以堆雪人了。其实，我是在安慰他，怕他伤感。

望着窗外还在下着的雪，我真切地希望这雪能下得多点，甚至下一个晚上，不只是瑞雪兆丰年，还为康康刚刚萌芽的那点诗意，能在这大雪中得以伸展。

2018 年 12 月 8 日

那年那缘

近日清理书房，翻出一捆珍藏的《检察日报》，报纸已经发黄。几十份报纸，都是与我有关的。翻阅一下，有报道当年我主政宜兴检察院的文章，有采访我的文章，还有我写的文章。这捆报纸是我2005年调离检察机关时，从办公室打包带回家的。这一张张报纸，记录着我从检二十六年中最美好的时光，唤起我幸福的记忆。

在这捆报纸中，夹有一张稿纸，写着一段文字。那是文章的草稿，标题是：我与《检察日报》有缘。提纲列为三节：报缘，人缘，稿缘。这是当年我想写的文章，具体是哪一年的事，我已记不起了，可能是因为当时工作太忙未写成。今天再见此稿，当年记忆瞬间喷出，我真的要再喊一声：《检察日报》，我与你有缘！

与《检察日报》有缘，其缘分首先来自报纸的生日。《检察日报》的前身是《中国检察报》，创刊于1991年7月4日，于1996年1月1日改为《检察日报》。巧的是，我的生日也是7月4日，但我1979年就到检察院工作，早于《检察日报》来到人民检察这个大家庭，也是看着《检察日报》不断发展的。《检察日报》从它创刊那天起，就以守望公平正义的独特法治气质，立足检察，面向社会，准确及时传达最高检的重大决策部署，热忱服务基层。因此，《检察日报》一经创刊，就与我们基层检察院有着紧密相关的缘分。记得那些年，我们看报、学报、用报，把报纸当作工作的好帮手。我们曾为市四套领导班子送报，动员市骨干企业订报学报，在闹市区建立三个《检察日报》阅报栏，方便群众看报。为了发挥报纸的更大作用，我们每年的征订都在千份以上。当然，缘分是双向的，《检察日报》的记者们，用他们聪慧的眼光，捕捉和总结我院的闪光点，宣传我院工作的亮点。1996年12月，《检察日报》连续推出四篇由记者骆兰兰、李明耀采写的"江苏宜兴经济犯罪预防工作纪实"，推广我院立体式预防职务犯罪的工作经验。我院工作能不断上新的台阶，《检察日报》功不可没。

有报缘就有人缘。有人说，所谓缘分，就是遇见了该遇见的人，这话我信。我与《检察日报》的人缘，就是如此。因为有报缘，从总编到记者，我与一大批该遇见的人结缘，成为战友加朋友。离开检察岗位已十五年，但报社朋友的名字我脱口就可报出，从北京本部到江苏记者站，可以报出一大串。曾记得，刘佑生总编出差江苏，不辞辛劳，应邀到我院宣讲加强检察宣传的辅导课。2012年5月，我出版了"执纪执法探索与研究"个人专著《守望》，书中附录收录了当年孙丽记者写我的报告文学《学海无涯》一文。我给她寄了本书，没想到她收到书即给我打电话，多年未见，还是老朋友般叙说交流。缘分就是那么自然率真，没有任何做作和隔阂。

与《检察日报》的缘分，还有那不浅的稿缘。我曾是报纸的热心投稿人。由于我文化基础差，我在高等教育自学考试毕业后，把写作当作继续学习的方法，常常练笔。《检察日报》发表过我多篇法学论文和散文，鼓励我继续努力。检察机关重建二十周年和三十周年征文，我都积极参与，文章分获一等奖和三等奖。

因为工作调动，我离开了战斗二十六年的检察机关，与《检察日报》的缘分竟然也疏淡了，让人遗憾惆怅。近日，江苏记者站卢志坚站长为我再续前缘，推荐我写的《耕山之道》一文，发表在"我与我的祖国"专栏，缘分又续上了。无锡检察院的领导听说了我的缘分故事后，立即为我增订了《检察日报》，下半年起，我就可与《检察日报》天天见面了，那年那缘将再续新篇。

7月4日生日将到，写下此篇，为己庆生，也为《检察日报》庆生。

2019 年 6 月 28 日

难忘拉萨

在拉萨的时间虽短，然而，在拉萨的日子却令人难忘。

难忘拉萨，不是因为那雄伟的布达拉宫和神秘的大昭寺，也不是因为那广阔的草原和峻秀的错高湖，而是那浓浓的检察战友情。

1999 年 8 月 8 日上午，我们无锡检察代表团一行九人在王立人检察长的带领下，赴拉萨检察院考察学习。一到拉萨，首先令我们感动的是拉萨检察官真诚的友谊。在贡嘎机场，拉萨市院来接站的几位同志，抢着为我们搬运行李，安排出站。到了驻地，我才知道，在机场为我们搬运行李的瘦小精干的藏族老头竟然就是邓增吾珠检察长。邓检用藏族同胞的最高礼节——敬献哈达，欢迎我们的到来。那洁白的哈达，是藏族同胞的衷心祝福，也是拉萨检察官的真情厚意。邓检一再叮嘱我们，初到高原，第一天必须好好休息，以减轻高原反应。海拔三千六百多米的拉萨，使我们尝到了"头重脚轻"的味道。就在我们"难受"的时候，邓检请来医生，为我们体检，给我们送来了氧气袋和药品。

检察战友情难忘，拉萨检察官的风采更难忘。

拉萨的检察官有着坚定的政治立场。他们将维护国家安全、巩固政治稳定列为头等大事。旦增副检察长在维护国家安全的斗争中，功勋卓著，被表彰为全国十大青年卫士。拉萨的检察官是爱学习的。由于历史的原因，他们的文化基础并不好。邓增吾珠检察长告诉我们，只要有条件，他们就派员出去读书。尽管经费不足，为了培养青年干部，提高队伍文化素质，就是砸锅卖铁，也要干。现在拉萨检察院的大中专毕业生已达百分之八十，并且已在培养法律研究生。

在拉萨，无论走到哪里，都能听到一首动听的歌曲：《"香巴拉"并不遥远》。"有一个美丽的地方，人们都把它向往。它的名字叫香巴拉，传说是神仙居住的地方。啊，香巴拉并不遥远，它就是我们的家乡……"技术处尼玛处长曾动情地教我学唱这首赞美西藏的歌。如今，尼玛处长那沙哑歌喉唱出的婉转美妙的旋律，仿佛还在耳边响起。

"香巴拉"是美丽的，"香巴拉"有了我们检察官的无私奉献，更值得人们向往，使我难以忘怀。

难忘拉萨！

1999 年 10 月

乡愁与茶

乡愁是对家乡的感情和思念，是一种对家乡眷恋的情感状态。乡愁是很有亲和力的，只要是从小在家乡生活，长大后在外地工作、生活的人，都会有乡愁。构成乡愁的元素很多，不同地区、不同时期、不同经历，乡愁的内容各不相同。乡音、乡趣、乡土风情；乡亲、乡味、乡间美食，都在乡愁的范围。古时交通不便，信息不畅，乡愁会很多，时有暴涨。乡愁现象在古诗词中多有体现，如杜甫有诗云："幸不折来伤岁暮，若为看去乱乡愁。"诗中的雪景、梅花，使诗人的乡愁满满。今时交通发达，信息便畅，解决乡愁的办法也多了，因而乡愁已是不那么浓郁了。当今的乡愁，最多最广泛的元素，恐怕是家乡的美食。所谓美食，其实就是小时候吃过的这种或那种本地食物。有科学家论证过，幼年时期的味蕾，有着超强的记忆力，因而人们一辈子都喜欢小时候吃过的食物。在我的家乡宜兴，就有许多美食：咸肉煨笋、乌米饭、清蒸黄雀、雁来蕈等，还有家中自制的咸菜、萝卜干。这些不起眼的平平常常的家乡食物，足以勾起无数在外乡贤浓浓的乡愁。当一个人对家乡的某个食物特别特别想念，特别特别想吃，我认为那可以称为乡馋,是乡愁中的极品。

乡愁是一个属概念,细分可有许多种类型。每个人因为生长环境不同,成长经历不同,乡愁的内容也就不同。所以,乡愁是因人而异的。有一次,在南京工作的老乡小聚,一起吃茶闲聊,不知为何谈起了对家乡的念想。有的忆起村里过年时的民俗,有的想起小时候吃的美食,还有的"交代"出上小学逃课偷桃吃的乐事。他们几位都是读完大学就在外地工作的,感知和记忆的乡情在青少年时期,因而乡愁的内容也在这个阶段。我与他们的情况不一样,我是在家乡工作了二十多年后,调离家乡,先后到无锡、南京工作的。在家乡工作时养成了吃茶、吃浓茶的习惯,家乡的阳羡茶最是我抹不去的乡愁。

家乡宜兴坐落在太湖西岸,位于茶叶生产的"黄金纬度带",雨量充沛,光照充足,空气湿度高,加上丘陵山区以黄棕壤为主,十分适合茶树生长。得天独厚的条件使宜兴成为江南最古老的茶区和中国贡茶的发源地。"天子须尝阳羡茶,百草不敢先开花",唐代茶仙卢仝此诗句,为阳羡茶引来了无尚荣耀。如今,宜兴年产茶叶六千五百余吨,阳羡雪芽、竹海金茗等名特优茶盛出。宜兴绿茶条索紧直有锋苗,色泽翠绿显毫。香气清雅,滋味鲜醇,汤色清澈明亮,回甘舒畅,口齿留香。宜兴红茶则是另一番景象:乌黑油亮,叶形紧曲香美,汤色泽如绛酽之琥珀,茶气浓郁,醇厚甘甜。择宜兴山间茶园,邀三五好友,用丁蜀紫砂壶,引竹海山泉水,泡鲜醇阳羡茶,此饮乃人生幸事也。

我不会喝酒,也不会抽烟,长年的加班熬夜,靠浓浓的阳羡茶支撑,让我保持清醒的头脑。阳羡茶具有独特的口感:鲜味。可能是多种氨基酸、维生素和茶多酚的作用,阳羡茶无论是绿茶红茶,开始吃的几口，有着明显的鲜味，一如食用新鲜水果的鲜迹。当然，绿茶的鲜味要更重些。鲜味从味蕾传遍全身，令人舒爽。阳羡茶娇养了我吃茶的口味，无论外地的茶叶名气多大，皆因口味不合，不喜欢。由此，阳羡茶成了我生活中的依赖，不可一日无茶。一般人到了晚上就不敢吃茶，怕影响睡眠，而我每晚必泡上一壶茶，吃了才舒服。记得刚到无锡工作时，家还没搬来，我大部分的晚上时间是在办公室度过的。看书，阅卷，写论文，有阳羡茶相伴，就有精神，就不寂寞。

我喜爱阳羡茶，也喜欢分享阳羡茶。家乡有亲朋好友带阳羡茶来，我都乐于分享，送老乡，给同事，均好友。去外地会朋友，我也会捎上阳羡茶作礼物。有空的时候，我会邀请好友吃茶，品赏阳羡茶的美妙。分享阳羡茶的过程，是快乐的过程，快乐之中还宣传了阳羡茶。

离开家乡在外地工作，总会有不适应、不习惯的地方，会有在家乡工作遇不到的困难。这样的时候，思乡之情难免泛起。故人云，何以解忧，唯有杜康。而我呢，解忧之物是那鲜醇的阳羡茶。烦恼来了，先泡上一壶阳羡茶，静下心来细思量。两壶浓饮之后，清心清脑，豁然开朗。想明白了，烦恼就没了。解决问题的思路清了，困难就不怕了。阳羡茶，真乃神助也。一首小诗，表达我对乡愁与茶的情怀：

我有一壶茶，足以走天涯。
茶禅天地宽，壶小乾坤大。

我有一壶茶，足以解乡馋。
茶自阳羡来，壶出丁蜀山。

我有一壶茶，足以乐年华。
茶香伴书韵，文思妙生花。

我有一壶茶，足以抚尘沙。
世间常烦恼，缘来多问茶。

2019 年 7 月

茶 伴

茶，位列开门七件事之中，这说明茶在人们生活中的重要地位。然而，茶又排列在七件事之末，似乎是说，茶并非人人所必需。事实也是如此，对许多人而言，有茶无茶无所谓。对因种种原因不适合茶饮者，更是对茶敬而远之。而茶与我，不可为不重要。我不会抽烟不喜吃酒，只爱吃茶，吃茶的历史已有几十年，可以说吃茶已成"瘾"。如果哪天没有吃茶，一定会无精打采；如果哪天不想吃茶，一定是身体不适生病了。茶与我已不能分离，成为了我工作生活的重要伴侣——茶伴。

学会吃茶，是 20 世纪 70 年代末的事。那时，检察机关刚刚恢复重建，我从企业选调入检。我的首任科长是一位解放前参加工作的老革命，他矮小清瘦，精力充沛，抽烟吃茶的功夫十分了得。尤其是吃茶，每次泡茶都是从茶叶罐里抓出一小把扔在杯里，有时还要添一点，茶泡得很浓很香。从上班到下班，他那玻璃杯里的茶汤始终是热的。那时我在科里当内勤，与他一个办公室。每天上班我打来开水，老科长泡茶时，总是把茶叶罐给我，叫我也泡茶。从吃茶感觉苦、涩，到吃茶感觉甘、香、生津；从不吃茶到想吃茶，吃浓茶，日久成自然，吃茶就成了习惯，成了念想。刚会吃茶，对茶叶并不讲究，加上那时经济条件差，每月三十多元的工资收入，也吃不起好茶。记得那些年还常托人到外贸茶厂买绿茶末、碎红茶来"享用"。不论茶叶的好坏，不管茶汤的浓淡，从此，我的人生有茶相伴。

茶，营养成分丰富，保健功效显著。提神、镇静、降压、明目、抗肿瘤、抗辐射等。不仅如此，茶有大德。她助人为乐，无私奉献，在生命的最后一刻，将自身的能量，散布于水中，温养他人，只剩下清净的躯干化尘而去。多少年来，茶以她的高贵品德陪伴着我，营养着我，激励着我。

茶伴，使我的生活有滋有味。上班，沏上一杯阳羡雪芽，一天的工作神清气爽，事倍功半。晚上，泡上一壶阳羡乾红，驱走一天疲劳，灯下阅读，轻松快乐。周末或节日，以茶会友，三五作伴，围着茶海，把壶弄茶，天南海北神聊，舒心愉悦。一想起来，幸福感就会涌上来，令人陶醉。

茶伴啊茶伴，你还是我人生道路上的神助，助我在职业生涯中，获得各色成功。可以说，我的每一点进步，每一点收获，都有茶伴的功劳。茶伴助我获得学历文凭。我们这代人，由于众所周知的原因，该读书的时候没有书读，是时代的"缺课者"。"文化大革命"结束后，已经成家的我，开始了文凭之博。是你，伴我阅读了一摞摞应试教科书，伴我解答了无数个应试复习题，伴我度过了无数个应试不眠之夜，伴我博得多张学历文凭。遗憾的是，N 次进考场，你都不在身旁，否则，我会考得更好。长期以来，我的工作是处在打击犯罪查办案件的第一线，茶伴，助我办案打胜仗。与犯罪嫌疑人斗智斗勇有你相伴，出差取证有你相伴，审批阅卷有你相伴。是你，使我始终保持旺盛斗志，始终保持清醒头脑，办案无冤假错。茶伴，还助我在法治理论的大海中遨游探究。司法实践中的问题纷繁复杂，是你伴我在法海中探寻，摸排查找解决问题的路径办法。一杯香茗，清晰着我的思绪；一壶浓酽，奔放着我的思想；一碗"琥珀"，严密着我的论证。于是，论文发表在国家期刊、收入在高校论文库、获得过多次大奖，汇集成《守望》，你功不可没。

吃了多年茶，当然也尝过各地不同品种的茶，但我独爱家乡宜兴的阳羡茶。宜兴古称阳羡，是国内久负盛名的古茶区之一，有"天子须尝阳羡茶，百草不敢先开花"之盛名。阳羡绿茶先苦后甘，提神有劲道。阳羡白茶清香清淡，静心又静脑。阳羡红茶醇厚甘香，消食更养生。多年来，阳羡茶的独特品位，养成了我吃茶的独特口味。外地的茶，即使是名茶，也会觉得口感不对，尝尝而已。调到外地工作后，也是阳羡茶的陪伴，让我消除乡愁，安心工作。为此，每年春天，我都会回家乡宜兴，跑几个茶厂，选购一批好茶，除了馈赠朋友分享外，均珍藏于专用冷藏柜，慢慢享用。

"天地人和千秋歌，草木有灵非传说。"茶，草木之精灵，伴我有情有义，助我无怨无悔。我对茶则敬之爱之惜之感激之。让我们拉钩约定，一辈子不离不弃，相伴到永远。

2015 年 3 月 27 日

茶园春色

春天是美好的，春暖花开、春意盎然……人们用无数美妙的词语和诗句赞美春天。每年，我们都会期盼春天的到来，而今年的春天，则更让我们特别期盼。芬芳四月，肆虐的新冠病毒，终究挡不住大自然的规律，春姑娘迈着轻盈的步履，来到我们面前。随着4月8日武汉解封，人们还迎来了抗击新冠疫情的春天。

两个多月的宅家抗疫，我们裹足不出门，忍耐、克制已久。接到来自茶园的邀请，望着春天的阳光，外出踏青的心情已经按捺不住。尤其是九岁的孙儿，更是为之雀跃。清明时节，我带着家人回到老家宜兴，来到熟悉的茶园探花踏青。

秀美的铜官山下，茶园连着茶园，小型茶场很多。两千多亩的茶地，清翠墨绿，那是让人赏心悦目的"茶的绿洲"。我们来到的羽羡茶场就在其中。站在山坡上放眼望去，成条成垄的茶树向远处延伸，沿着山丘舒缓起伏。嫩嫩的绿黄色茶芽，透着勃勃生机。在阳光的照耀下，一垄垄的茶树上笼罩着一圈金色的光晕。茶园中，身穿各色服装的采茶女工散在茶树丛中，犹如绿海中的小彩舟。好美的一幅茶园春光图啊，十分的养眼。闻着茶香花香，我们陶醉在美妙的茶园春色里。转眼间，身旁的孙儿像一只放飞的小鸟，飞步跑进了茶园，去寻找他眼中的春天了。

茶园春色年年有，而今年如此美好的茶园春色是来之不易的。因为疫情，茶场的复工、春茶的采摘和销售都受到了很大的影响。宜兴的各家茶场想尽种种办法，使出种种招数，才使茶园的春色得以如此畅亮。羽羡茶场的主人张宰卿先生，是无锡的一位企业家，因为爱茶，喜爱大自然，前年来此承包了八十亩茶园，当上了茶翁。面对疫情，他作了充分准备，早早联系好足够的熟练采茶工，安排专车去外地接到茶场，并按要求做好防疫措施，由此保障了明前茶的采摘。新茶的顺利开采，吸引了无锡电视台前来采播。3月21日，无锡新闻频道专题直播，从采茶、制茶到品茶，四十五分钟的一档节目，内容丰富多彩。五频道《扯扯老空》节目，也走进羽羡茶场，用无锡方言品茶聊茶，茶园春色搬上了荧屏。新茶开采，还迎来了与无锡旅行社的合作，开辟了茶旅之道。外地游客纷纷前来体验采茶、品茶、购茶。茶园春色注入了茶文化的内涵，茶园一片欢声笑语。

"宜兴阳羡茶，一壶醉天下"。说到茶文化，宜兴的茶企都说要感谢茶促会。五年前宜兴成立了茶文化促进会，秉承"繁荣茶文化，促进茶产业"之宗旨，将茶企组织起来，把茶事活动开展起来，把茶文化全面地弘扬光大起来，有效地促进了宜兴茶产业的健康发展。在抗击疫情的特殊情况下，宜兴的茶园如此有定力，茶园春色依然靓丽，茶文化的力量功不可没。

在茶场的接待室，张总将昨晚新制的碧螺春拿过来泡上，瞬间将茶园春色转移到了茶杯里。翠绿的茶芽在透明玻璃茶杯里的山泉水中上下舞动，尽情地舒展着婀娜的身姿。扑鼻的香味，鲜爽的口感，喝了一杯又一杯，我们再一次陶醉在茶园的春色里。

"看一眼是钟情，再看一眼是销魂"。多彩的茶园春色让我们流连忘返！

2020 年 4 月 21 日

小院闹春

政协联谊会驻地在前溪西路上，有一幢三间二层小楼，还有二百五十平方米左右的小院，闹中有静，很安逸，是往届政协委员关注社情民意、参政议政的活动场所。办公场所很简陋，小院的绿色精灵却欣欣向荣，充满青春活力。作为小院的主人，每天我都会来看看它们，听听它们的悄悄话。过了春节，我发现它们一个个精神抖擞，闹起春来。

第一个嗨起来的是蜡梅。春天还未到，粗壮的树干上就开出了满树鲜花，黄亮亮的耀眼。它口吐清香，轻轻对我说：我不争春，是来报春的。蜡梅花期很长，开了一个多月。浓郁的蜡梅香，沁人肺腑，也熏醒了还在沉睡的樱花、海棠们。它们伸着懒腰，眯着双眼，用积攒了一个冬天的力量，准备闹春了。先是茶花开了，大红的复瓣，绒团似的，一朵两朵，许多朵，骄傲地站在枝头，高声对蜡梅喊道，你退场休息吧，让我们表演了。蜡梅花无可奈何落英而去，但蜡梅树不甘心就此退出闹春的舞台，很快长出嫩绿的叶片，为小院的春天添彩。樱花踏着樱花节的节奏来了，一身洁白，满树绽放，与鼋头渚长春桥的樱花遥相呼应。海棠花也奈不住了，紧随樱花盛开起来，它的热闹劲还真不输樱花。只可惜闹腾没几天，樱花海棠花就偃旗息鼓。正当小院稍微有点安静时，红色的杜鹃，粉色的蔷薇，还有紫色的草本小花，也出场了，展示出各自的风采，在闹春的舞台上尽情欢乐。更有那些不知名野草，在墙边在树根旁，花小如米粒，也学牡丹闹开了。

闹春最有劲的要数竹笋。它们闹春的形式不是颜色的鲜艳，也不是花朵的清香，而是比肌肉比力量。金镶玉竹一马当先，两支竹笋出土不凡，刚劲有力，"蹭蹭蹭"，只两三天，就直追老竹之高。刚竹区域，竹笋乱蹿，子孙满堂说的就是它们。开始我还能数数，没两天我就数不过来了。

最顽强的是紫薇和芭蕉。开春前的院内修剪，园艺师将四棵紫薇齐头砍去，只留下光光的树干。八棵芭蕉原本高大而立，被近地斫断，只剩一小段残躯，泪流一地。我一直担心，它们还能长吗？还会有参与闹春的欢乐吗？事实上我是杞人忧天，紫薇很快就冒出嫩芽，只是离开花还早呢。而芭蕉从容地舔舔伤口，顽强地生长，从躯干中慢慢抽出宽大的绿叶。它认真地对我说：砍头不要紧，只要情义真。虽在墙角边，一样闹新春。太让我感动了。

最厚道的是三棵大树和满地的麦冬草。院内有三棵大树，一棵我叫不上名，另两棵是加拿大枫树。三棵大树直径均有二十多公分，高于二层楼顶。它们为小院撑起巨荫，无私地为小植物们挡风遮雨。满地的麦冬是常绿的，覆盖着裸露的泥土，默默地衬托着花儿的美丽。大树和小草都是闹春的无名英雄。

最实在的是那棵枇杷树。它从来都不张扬，连开花都是悄悄的。其实，枇杷早在冬天就开花了，花儿一点也不漂亮，以致人们都不注意。它低调却很实在，默默无闻地孕育着果实。到了春天，它用挂满枝头的深绿色幼果，参与闹春。满树圆圆的绿果，也很好看。枇杷树自豪地对我说，前两年收获的枇杷很甜的，你尝尝就知道了。是的，待枇杷熟了，我一定要摘两个尝尝，不然枇杷树要生我的气了。

最嚣张的是隔壁院内的紫藤，它一直爬在小院北边的墙头上，窥视着樱花和海棠，见人们前来赏花，很是嫉妒，只无奈自己醒得早，起得晚。天气慢慢暖和起来，紫藤突然发力，藤条快速占领围墙顶，白色的围墙染上了春色。待一串串紫藤花开，那就更美了。可是，嚣张的紫藤闹得也太厉害了，压的墙边的樱花、红枫招架不住，喘不过气来。看来我得出手，维持一下秩序了。

看着日日长高的芭蕉绿叶，我总觉得小院还少点什么。对了，是樱桃。宜兴老乡蒋捷说过，"红了樱桃，绿了芭蕉"。小院应该种一棵樱桃树，下次闹春就更热闹了。

小院闹春，看到我眼花缭乱，闹得小院青春荡漾，生机勃勃。这也预示着联谊会活动将更加生动活跃起来。

闹吧，尽情闹吧，绿色精灵们，我喜欢你们大闹春天。

2019 年 4 月 26 日

方山，我们来了

10月的方山，秋意正浓。红的枫叶，黄的银杏叶，绿的香樟叶，还有那些叫不出名的各色植物，将山体打扮得绚丽多彩。漫步在蓝天白云下的山间，今年迟开的桂花，送来阵阵浓香，让人心旷神怡。就在这美好的季节，方山，我们来了。

方山位于南京市江宁区境内，因山体方耸、顶部平坦而得名，又因山体四角方正，犹如天降印鉴，又称天印。历史上方山战火不断，最有名的是1937年12月的南京保卫战，抗日战斗十分激烈，给方山留下了美名。解放后方山也是驻军较多的地方，我服役的部队团部和卫生队就在方山。

我们团是一支光荣的建筑工程兵部队，常年转战南京的山区，承担着"深挖洞"的战备任务。随着国际形势的变化，1976年中央军委作出了裁军减员的部署，我们团撤销建制，卫生队的战友们握手告别，分赴不同的地方。因为当时条件的限制，四十五年来，绝大多数的战友断失了相互联系，更不要说能见面交流了。岁月如梭，当年的青春小伙，如今已是慈祥的银发老者。一日入军营，终身战友情！我们年老了怀旧了，思念战友，思念方山。思念啊思念，梦中遇见的战友还是年轻时的模样，我们何日能相见。战友的情怀是浓烈的、割不断的，战友的思念是会裂变成巨大能量的。战友们齐心努力，把思念化成行动。通过互联网和大数据的科技力量，一大批战友找到了，联系上了，建成了网络之家。我们相约在部队的老营地——方山，握手联谊，再叙战友情！

方山，我们来了，我们是来寻根的。因为我们的立身之根在方山。我们在这里接受党的教育，加入党的组织，形成了正确的世界观。我们在这里接受部队的各种训练，养成规范的军姿仪表和严格守纪的理念。我们在这里受到了良好的医护专业知识教育，锻炼了才干，增长了本领。方山，有我们的初心，有我们的芳华，我们永远不会忘记！

方山，我们来了，我们是来汇报的。当年，我们从这里再出发，或到地方或在部队继续我们的人生之旅，大家在各自的岗位上默默工作，无私奉献。我们之中有许多人继续在医疗战线工作，履行着"救死扶伤，治病救人"的天职，有的至今还战斗在抗疫一线！有的从政，在村、镇、县里率众奔小康。还有的战斗在政法一线，全力保一方平安。无论在什么岗位上，战友们都是奋发努力、不断进取的，各自取得了优秀业绩。我们之中有各行各业的业务尖子，具有高级职称，更有劳动模范、优秀党员、先进工作者，我们无愧于部队的培养教育，个个都是好样的！

方山，我们来了，我们是来怀旧的。这是有我们熟悉的军号声和军歌声。这里有我们曾经种过的菜地，工作过的门诊部和病房。篮球场上有我们活跃的身姿，池塘边有我们促膝谈心的身影。这里有我们诉不尽的友谊，我们一起出操，一起训练，吃一个锅里的饭，做同一个梦。我们相互关心，共同进步！战友情啊胜过兄弟情！

方山，我们来了，夫人们也陪同来了。她们已不再是军嫂，而是军婆婆了。她们要来看看，方山长什么样子，能给予自己丈夫无穷的智慧和力量！她们要来看看日思夜想的战友相逢时的喜悦景象！她们还要交流分享做军嫂、军婆婆的感想。

在方山，我们举行联谊座谈。来自沪浙苏各地的二十多名战友激情满怀，或激昂慷慨，或娓娓道来，或深情表白；感恩的，怀旧的，祝福的，声声不断。曾当过副市长的战友熊志安道出了战友们的共同感言：感恩党、感恩部队对我们的教育和培养，没有部队大熔炉的锻炼，没有毛泽东时代为我们确立的"三观"就没有我们的今天！大家感叹时间过得太快，感叹有些战友再也不能相见，感叹时光不能倒流，纷纷表示要珍惜现在的幸福生活，战友之间多联系多走动，让战友情义再升华。最后，原83医院院长朱家华军医说出了大家的心声：祝愿战友们情义长存，祝福战友们幸福安康！

在方山，我们走进熟悉的军营大门，可爱的卫兵战士向我们敬礼以示欢迎！我们又看到令人肃然起敬的司令部和庄重的大礼堂，寻找到当年卫生队营房旧址和各自的工作室。站在门诊部前的小池塘边，一幕幕军营往事映入眼帘，我们仿佛回到了四十五年前的部队，一下子年轻了许多。

在营区大道上，我们列队集合，叶阿森老班长喊起了响亮的口令，两列纵队走着军人坚定整齐的步伐，唱着《我是一个兵》，走出营区。

分别四十五年后再相聚，是一次军旅再回首，人生再回顾，感恩之心再次涌上心头。

欢乐的时光总是短暂的，昨天刚刚相聚，今日又要分别。大家紧握双手，依依不舍惜别。

方山，我们还会再来的！

2021 年 11 月 3 日

退休五年小庆

　　退休，是人生的一个重要转折，是人生"第二春"的开始。饮水思源，感谢我们伟大的祖国，让我们可以无忧地乐享晚年生活。记得2015 年的那天，接到省委下达的退休文件时，我有感而发，写下了一段感言，其中写到："四十六年工龄截然而止，四十一年党龄还在延长。多读点书弥补缺憾，再尽点责促进和谐。世界很大，可以到处看看。中国很美，更应好好欣赏。人生绵长迎来新的时光，健康快乐展开新的篇章。"光阴似箭，岁月如梭，幸福的生活总是过得那么快，不知不觉退休五年了。按照惯例，似乎应该小庆一下。

　　工作是快乐的，退休是幸福的。"自此光阴归己有，从前日月属官家。"从忙碌工作，到时光清闲，有一个心理调整和生理调适的过程。我一边将过去划为历史予以"封存"，一边思想着退休后的生活方式，"而今迈步从头越"。五个春秋，始终保持清净的心态，凡事"耳顺"，快乐生活，将身体健康指数一点点提升起来。五度年华，我好像没有做什么正事、大事，更没有做什么出彩的事。生活风平浪静，平淡无奇，似乎没有什么值得庆贺。真是这样吗？我泡上一壶宜兴红茶，静下心来，边饮边细细寻思。突然，一个词跳入我的脑海，"还债"！对啊，这五年我所做的那些家事、小事、闲事，不都是在还债么。俗话说，有债总是要还的。以往忙于工作，亏欠家人的陪伴、亏欠自己的心愿很多很多。现在我清偿了大量"债务"，这很值得庆贺啊！

亲情是家庭永不可分割的纽带，陪伴家人是家庭幸福永恒的情歌！以往上班，繁杂的事务，加班加点办案，加上两次异地工作，陪伴家人的欠债很多。退休了，有时间了，此债应加快偿还。"工欲善其事，必先利其器"。先是练习好驾车的技能，将儿子换下的旧车开动起来，陪伴夫人去买菜、去公园散步，回老家探望父母，接送孙儿上学，行动起来方便了许多，至今已安全行驶五万多公里。以往在家是甩手掌柜，家务事都由夫人操持，她一人宅家时候居多。有时间了，陪伴夫人成为我的第一要务，陪她做做家务，陪她锻炼娱乐，陪她去诗意的远方。相濡以沫，与子偕老，夕阳路上，其乐融融。父母年事已高，陪伴更应多勤。每周，我们都会安排时间回老家陪伴父母。特别是前年，我与夫人专程陪同平均年龄八十七岁的父母亲去成都旅游，了却了父亲多年的心愿。两位老人健康生活，还被评为宜兴市首届"陶都十佳模范金婚夫妻"。儿子小的时候，正是我自学考试的艰苦时期和查办案件的紧张阶段，陪伴他的时间很少，以至他在作文里抱怨：爸爸很忙，常常见不到他。如此旧债，现在可以隔代偿还了。我陪孙儿读唐诗，学围棋，带他去旅行，我的第一个敬老节就是在幼儿园度过的。陪伴他学习围棋两年多，他成了业余一段，我成为他的手下败将，但我输得开心。疫情期间，我充当了他的临时"班主任"，陪他上网课，做作业，尽管不称职，对于他的学习还是有很大帮助的。血浓于水，陪伴家人是一件十分幸福的事。

"读书债"也是努力清偿的。喜欢看书，也喜欢买书。平时，看到喜欢的书就买，时间长了，书橱就放不下了，只能借地堆放。这些书，大概有一半以上没有看过。加上退休时又选购了一批书，欠债就更多了。退休后，除了看订阅的书报杂志，一有时间就清偿"读书债"。疫情宅家，更是以读书为主。有的快读，轻松欣赏；有的精读，细嚼慢咽，有的边读边做好笔记，积累资料。当然，对难啃的书如《诗经》《诗词韵律》等还需要反复细嚼，慢慢消化。阅读中，和季羡林、杨绛、林语堂、梭罗等大家在书中对话，向朱自清、毕淑敏、周国平等高手请教散文的写作技巧，与徐风、黑陶、王金大等无锡籍作家一道探寻别样江南。感想飘来，直接写在书上，一吐为快，十分惬意。清偿了六十多本书的阅读债务，吸收了文学的营养，让我受益匪浅。

　　"行万里路"，到世界各地去走走看看，领略远方的风光，是我从小就有的愿望。但直到退休，外出旅行的次数不多，就连离我们很近的安徽黄山至今仍未到过，更谈不上去世界名胜之地了。退休了，有时间也有条件了，从小的愿望得以实现。一位哲人说过，旅游是获得愉悦感和浪漫性的最好媒介，此言极是。向着远方出发，鸣沙山上留下我们浪漫的足迹，天山脚下响起我们欢乐的歌声；在冬宫听见了"十月革命"的炮声，到冰岛尝到了千年古冰的滋味。旅游让我们开阔视野，陶冶情操，更加自信。陪同父母旅游，当好保姆，可以尽尽孝心。携儿孙全家出游，让儿辈全权操办，享受天伦之乐。与老友们结伴旅行，相互照顾，增进友谊，成为抱团养老的范式。出行回来，整理照片，写写游记，做做美篇，留下美好的记忆。如此清理债务，享受的是旅途乐趣，收获的是身心健康。

　　曾经的一次清理书橱，竟然发现一张二十多年前写的散文草稿，何因未写成，已经忘记，欠债之心却油然而生。自小喜爱文学，因为"文革"与之相远。工作后想写作的心愿一直都有，多种原因又还是欠债。几十年的风风雨雨，积累了较为丰富的人生阅历，其中的酸甜苦辣，让人回味无穷，值得用文学的形式记录下来，成为人生财富的积淀。但是长期的专业工作，写惯了法律文书，法学论文，向文学转型，笔力不够，障碍颇多。好在心中有念想，写作有动力，我边学边练坚持下去。加入作协后，在文友的鼓励下，写作慢慢变得顺手起来。《知青旧事》《咱们卫训班》《赋村桥拾忆》，那些《往事不是烟》；《无事吃茶》《茶伴》《茶园春色》，那是《一杯阳羡茶中的乡愁》；《钻石婚的感悟》《登泰山随想》《印章记录人生》，则是我人生的哲理感受。五年间，在报刊杂志发表了三十多篇散文。这些文章虽然没有什么文采，但那是我对生活的真情流露，对人生的真诚感悟。有的也引起了亲朋好友和社会的共鸣，《乡愁与茶》被交通电台"偷偷"制作为品读节目，在电台播放。《耕山之道》在《检察日报》发表后，省内外检察网站纷纷转载。而我获得的是清偿文债的快乐。

还债是务实的，也是有成效的，让我的退休生活充实愉悦，乐哉幸哉！

写下此篇，聊以为自我小庆。下一个五年，当是退休生活的黄金季节，应该倍加珍惜，"纵浪大化中，不喜亦不惧"，以此迎接十年大庆的到来。以小诗作结吧：

时光如水东逝流，心灵清净人自悠。
桑榆晚霞映夕阳，欢拥大庆再歌喉。

2020 年 6 月 18 日

年终心语

2021 年

2021 年是不寻常的一年，党领导人民实现了全面小康的第一个百年奋斗目标。这一年，也是我们老百姓幸福感满满的一年，有许多幸福的事情让我们开心快乐，让我们留恋于心！

时间是运动的留不住的，它每时每分每秒都在不停地向前奔跑。我知道 2021 年的那些美好时刻也是留不住的，时光列车已将它们全部运载到了历史部落，再也不往返了。

在 2021 年的最后一天，在即将辞旧的时候，面对墙上的时钟，看着时针的跳动，我的脑海中浮现出一幕幕美好的画面，那是值得留恋的幸福时刻。一年来，我用心努力，勤奋笔耕，用文字、照片和美篇，将那些幸福的美好时刻凝聚固定。全年在《宜兴日报》《江南晚报》《检察日报》和《中国人民防空》杂志发表了十多篇散文，还编辑制作了四十五篇美篇，记录美好，分享快乐！

2021 年是值得庆祝的。中国共产党建党一百周年大庆，人民检察制度七十周年纪念，各项活动意义重大。我的父母双双获得党中央颁发的"光荣在党50周年"荣誉勋章。作为一名入党四十六年的老党员，从事检察工作二十六年的老检察，我积极参与庆祝活动，用文字回顾总结过去，感恩党的关怀！

2021年是值得庆喜的。我们老夫妻喜迎结婚四十周年的红宝石婚纪念日，儿子儿媳举办晚宴为我们庆贺。这一年，儿子儿媳工作顺利，事业有成；孙儿康康学习进步，还获得学校科创之星的荣誉。

2021年是值得庆贺的。我当兵服役的140团卫生队，当年部队撤消编制时因通讯条件限制，战友分别后失联了四十五年。在互联网大数据的强大力量下，战友们齐心努力，多方联系，大多数战友终于联络上了，建立了战友之群，可喜可贺。10月30日，二十名老战友携夫人相聚南京方山老营地，再聚战友情！

2021年是值得庆幸的。我们庆幸无锡地区没有发生疫情；我们庆幸还能外出旅游了几次。因为疫情，去国外旅游是无法实现了，但我们抓住疫情的平稳时期，老友结伴旅行，欣赏祖国的大好河山，其乐融融！九华山的祥佛、峨眉山的云海、麦积山的石窟、牛头山的泉水、敬亭山的"诗石"等，都给我们留下了美好的记忆！

在2021年还有几个小时的时候，写下这些文字，是情感的小结，是辞旧，也是迎新。

凡是过往，皆为序章；所有将来，皆为可期。我们期待新的一年幸福满满，更加美好！

2022 年

时光列车不停地向前奔驰着，多彩的 2022 年坐在车上，正挥手向我们告别。我也不自觉地举起手来，向着即将远去的 2022 年招手致意。

再见了，2022 年，你那多彩的三百六十五天，每一天都是人情味满满，让人不舍你离去。2022 年是短暂的。时光如同手中的沙，抓不住，溜得快！眨眼之间，一年的时光就在眼皮底下溜走了，2022 年即将翻篇。

其实每一年的时光流速都是一样的，没有快慢之分，只不过年龄大了，感觉时光流速加快了，时光更宝贵了。

2022 年是应该载入史册的。党的二十大胜利召开，国家防疫政策的重大调整，让国人牢牢记住了这不平凡的年度。国之大事就是家之大情，从第一个百年跨入第二个百年，从动态清零到全面放开，国人将以新的目标，新的姿态和新的方式开始新的生活！

2022 年我们家幸福感满满。家中最重大的事情是兴旺添丁。3 月 9 日，可爱的老二孙子，带着一身虎气降临人间，给全家带来勃勃生机，带来欣喜欢乐！每天看着两个孙儿亲爱无间，听着他们爽朗的笑声，幸福指数爆棚。还有，家中合计年龄一百八十四岁的父母亲大人，身体健康，颐养着天年，让我们近七十岁的儿辈们感觉自己还年轻。是啊，上有父母可拜叫，下有孙儿轻呼唤，岂不幸福哉！

2022 年，是不平凡的年份。我们用十一个月的时间防"羊"，用近一个月的时间赶"羊"。

2022 年也是有许多遗憾的。书读得少了一点，文章写得也不多，显得有些懒惰。规划好的旅游活动未能全实现，实现的也未能尽兴。

老战友的聚会因疫情也未如期进行。联谊会的活动也还是欠了点浓情。还有……嗯，期待新的一年吧。

新年的钟声就要敲响了，我们将走向新的一年！

期待新的一年，所得皆所愿，所遇皆所求，愿所有的等待，都不被辜负。

2023 年

"风雨送春归，飞雪迎春到"。

岁末，一场热热闹闹的大雪，飘飘洒洒，给锡城带来惊喜，预告着新春的来临！站在岁末的尾梢上，我感慨时光荏苒，岁月如梭，2023 年就要辞别了。

与国家而言，2023 年是重要的年份。这一年是全面贯彻党的二十大精神的开局之年，是三年疫情防控转段后经济恢复发展的之年。党中央科学指引，提振百姓信心，我国经济在爬坡过坎中前行，在攻坚克难中奋进，展现出良好的态势。

在国之良势的大局下，我们的生活在安心平静中度过。每天，太阳都是新的。去年所留下的遗憾，今年都已化解，年初所愿都已实现。每天，都有开心的事，有许多微幸福值得收藏！

就百姓而言，具体而微的日常生活，都是平凡的美好，应该珍惜！可以说，2023 年，我们的生活是平平淡淡中有新意，点点滴滴下见幸福。

2023 年是我应征入伍从军五十周年，八一建军节前夕，我思绪万千。回望五十年，感恩之情涌心头；回望五十年，胸中依然有激情！感恩四年的部队生活教会了我怎样做人。一日入伍，终身是兵。军人素养，伴我前行！回到地方，无论做什么，我始终保持军人素质，始终有激情，奋力向前。现在退休了，我仍会迈着军人的步伐，走好人生的晚年路程。

在从军五十周年值得纪念的特殊年份，我与家乡宜兴的战友一起邀请外地战友来宜兴欢聚。来自祖国各地的二十多名战友，有的几十年未见面，大家欢聚陶都，共忆昔日芳华，携手笑迎夕阳！

2023年，读书和练笔仍是我爱好的主旋律。除了阅读日常报刊杂志之外，还有选择地读书。读完了杨绛《走到人生边上》、叔本华《活出人生的意义》等十二本书。有了灵感和念头，就动笔，在报刊杂志上发表散文八篇。在两个美篇号发文十二篇，有九篇成为精选。此外，还回顾总结了自己几十年的办案体会，写下近万字的《办案哲思》，尽管还未公开发表，但充实和提升了自我。

2023年，我主管的政协联谊会蓬勃活跃，十个小组两百多名会员，开展了很多场理论学习、考察调研和联谊交流活动。昔日的政协委员，继续为无锡的经济社会发展荐良言献良策。感谢联谊会各位会员的勤奋努力！

家庭是社会的细胞，也是我退休后的主战场。我继续担当专职驾驶员的重任，上午护送夫人去买菜，再送到孙儿小宝那里"上班"。小宝每天要坐车兜下风，过把瘾。下午去接孙儿大宝放学。锡城因修路、建地铁，学校放学时间路况差，常堵车，我的"乘客"都是"熊猫"级的，要十分谨慎驾驶。儿子儿媳事业上都有新的业绩。作为高级品酒师，儿子还被邀请到清华大学作了一场品鉴葡萄酒的讲座。读六年级的大宝，学习有新的进步！参加全市科创竞赛，作品获得一等奖。两岁的小宝健康活泼，模仿讲故事惟妙惟肖。家庭和睦，幸福安康是我最大的福报!

新年的钟声即将敲响,2024年正在健步地向我们走来!

2024年,我将正式进入70后的行列。古人云:人生七十古来稀。70岁,人生走进了新的老年时期,真正开始老了,这是人生新的挑战,要调整好心态,沉着冷静应对,努力达到"从心所欲,不逾矩"之境界!

实现这样的境界,自律很重要。有位哲人说过,自律,要做好两件事:做不喜欢但应该做的事;不做喜欢但不应该做的事。此言极是,新的一年,就从自律开始!

G2024次列车就要到站了,我们将从G2023次列车下车转乘,奔赴新的生活!

愿岁月静好,时光不老,你好我好大家都好!

再见,2023!

随想

在新加坡感受慈善活动

在新加坡培训学习期间，一个偶然的机会，参加了一次慈善捐款活动，颇有感受。

8月4日下午，授课结束后，陪同宜兴市的一位领导去考察将要投资宜兴的一家企业。该企业以生产食品为主，老总姓魏，祖籍福建。魏总还担任一家慈善基金会的会长，他的企业每年捐给基金会新币两百万元。魏总告诉我们，今晚新加坡有一场重要的慈善捐款活动，总统也来参加，邀请我们也参加。

慈善捐款活动安排在六星级的丽嘉登大酒店进行，宴会是四十三桌，加上一个主桌。参加今晚活动的都是新加坡金融工商界的名流，活动举办方是国立癌症中心医院。该中心每年的研究花费约两千五百万元，其中两千万元来自政府机构和新加坡保健服务集团拨款，其余五百万元必须自筹。今天的活动就是为该中心筹集癌症研究基金。

晚上6点30分，随着新加坡总统纳丹携夫人的到来，宴会正式开始。宴会期间，穿插了三个活动：一是乐队及舞蹈家表演；二是国立癌症中心负责人介绍情况；三是捐赠仪式。据了解，在历时大约三个多小时的宴会上，国立癌症中心医院共获赠一千三百万元新币。

在新加坡参加这样一个慈善活动，身临其境，感受颇深：一是重视。一个民间慈善活动，总统亲自到场，反映了国家对慈善活动的重视。舞蹈家是一流的，曾获得过国际金奖。来宾也很重视，男士西装领带着正装，女宾着礼服，提前入场。二是简约。一个由总统参加的宴会，其简约程度是我们难以想象的。整个活动没有摄像，没有领导人讲话，纳丹总统只是在捐赠仪式时上台为赠受双方示贺。宴会上，葡萄酒、面包、冰水尽可享用，但整个宴会只上了四道菜、一道水果，宴会的简约足以可见。三是平和。宴会厅的灯光是平和的。大厅四周顶边的装饰灯和十二只大吊灯都是淡光，餐桌主要靠平和的烛光照明。捐赠宴会的情绪是平和的，没有大声喧哗，没有热烈敬酒，除了鼓掌。宴会结束时，人们起立，纳丹总统很随和地绕主桌与他人握手告别。走到我身边时，纳丹总统主动与我握手，然后携夫人平和地离开大厅。

第二天，新加坡《联合早报》报道：《癌症研究基金要增加到1亿元》。可见，造福于人民的慈善活动，他们还会做下起去，而且会越做越好。

2006 年 9 月

当阳羡茶遇上······

　　喝茶是我的嗜好，出差旅游，茶叶是必备之物。最近，我带着家乡的宜兴阳羡茶出外，遇到了一些与阳羡茶相关的事，颇得启发，记下来与君分享。

　　前不久，我去斯里兰卡旅游，让阳羡茶遇上了强劲的"对手"。阳羡茶形质俱佳，因在历史上作为贡茶专供朝庭，有"天子须尝阳羡茶，百草不敢先开花"之誉。如今，阳羡茶品牌佳品迭出，复兴在望。斯里兰卡（旧称锡兰）的锡兰红茶十分有名。1824 年，英国人将中国茶叶引入斯里兰卡，如今已成为世界上最大的茶叶出口国。锡兰红茶与中国祁门红茶、印度大吉岭红茶并称世界三大红茶。在斯里兰卡，我们专程去了茶叶专卖店，品尝了乌沃、汀布拉等品牌的茶，也增长了不少锡兰红茶知识。锡兰红茶可以分为原味红茶和调味红茶两大类（调味红茶姑且不论，这里所言均为原味红茶）。锡兰红茶通常制为碎形茶，或制成极小的颗粒状，方便在极短的时间内冲泡出茶汁。锡兰红茶貌不惊人，呈赤诸色，但汤色澄红明亮。给我留下深刻影响的是其风味强劲的浑重口感：滋味醇厚，透出兰草的芳香，略有丝些苦涩，但回味甘甜，收口有劲。这样的口感一下子就让人喜欢，喝了还想喝。喝了就爽快掏腰包，买了十多斤带回分享。记得我请工人师傅帮我修理屋顶，用大茶壶泡锡兰红茶给他们喝，他们对茶的口味赞不绝口，大呼"好喝"，临走，把喝剩的半壶茶全带走了。细细想来，锡兰红茶注重茶的口感而非茶的外形及包装是有道理的。所有的茶，无论什么品种，其功效是差不多的，不外乎提神、消食、利尿和解毒等。茶不是主食，也不是治病的药，口感不好，最昂贵的茶也喝不下去。再看国内那些知名品牌茶叶，都具有良好的不同特色的口感，让人们喜欢。是口感决定了茶叶的生命力，造就了茶叶的品牌。斯里兰卡政府对锡兰红茶品牌的保护也十分注重，必须是锡兰地区所产的红茶，不得拼入外地茶，由主管机构统一颁发印有"持剑狮王"图案的质量标志，以保证锡兰红茶口感质量的纯正。如今，宜兴的阳羡红茶，已经小有名气，但标准不严格，口感不稳定，如能制定阳羡红茶的口感质量标准，提升档次，定能创出品牌。

上周，我们去湖北恩施旅游，让阳羡茶遇上了富硒茶。恩施地处大山深处，属土家族苗族自治州。那里山清水秀，空气清新，有世界最深的大峡谷，还有储量位居世界第一的硒矿，号称世界硒都。所产茶叶无污染，且富含人体必需的硒元素。我们顺道参观了小茶厂，品尝了当地的花枝、玉露等绿茶。说老实话，其口感一般，没有优于其他茶叶的口感特色，但据介绍，他们的茶叶含硒量很高，长期日均饮用富硒茶五百毫升，就能有效补充硒元素。硒能提高人体免疫力，茶叶富硒，这是区别于其他茶的卖点。在恩施，所到之处，都能见到富硒茶的广告、图片介绍，大力推荐富硒茶。在旅游车上，导游和驾驶员对唱了一首土家族民歌《六口茶》，最后加了一段词，"喝你一口茶哟，问你七句话，你的爹妈八十八，哪来奶娃娃？""你喝茶就喝茶，哪来这多话，我的爹妈有奶娃娃，喝的是富硒茶。"有点搞笑，但让你加深了对富硒茶的影响。只要你来恩施，就能记住富硒茶，这值得阳羡茶学习。

我们的阳羡茶确实也是很好的，在英国，它就遇上了知音。去年我带团到英国，作友城访问交流。地陪导游是北京人，四十多岁的汉子。当他得知我是宜兴人时，就对阳羡红茶大加赞赏。"香，醇厚，好喝。"他多次来过宜兴，喝过阳羡茶，也有朋友赠送过阳羡茶，与阳羡茶交流颇多，有亲切感受。一般外地朋友讲到宜兴，首先是提到紫砂壶，而这位仁兄却首先赞赏阳羡红茶，此乃阳羡茶的知音也。就凭这一点，离开英国时，我把带来的阳羡茶全部送给了他，让高山流水好好交流吧。由此，我想如果有更多的朋友来宜兴，成为阳羡茶的知音，阳羡茶就不会深在闺中无人识了。

2016 年 11 月 1 日

爱上走路

走路，曾经是我十分讨厌的事情。小时候上小学，要走三四里路，遇上雨雪天则更难受，往往是潮湿鞋裤捂半天。过年走亲戚，去乡下爷爷家拜年，更是走得累。当兵到部队，打坑道爬山走路不说，每年的拉练，总是走得脚上血泡连连。即使到了 20 世纪 80 年代初，在检察机关下乡办案，还常常靠走路，才能到达最基层的地方，找到证人，取得证据。那时的走路，是一种磨难，也是一种无奈。改革开放以后，路越修越好，车越来越多，交通越来越发达，我当然以车代步，"享受"起来，走路就越来越少了。

路是少走了，然中年发福的烦恼却来了。那更加讨厌的"三高"悄悄地向我靠近，医生告诫我，要多运动，减轻体重，否则后果严重。我必须减少坐车，尽量走走路。这也是不得已而为之。

让我自觉走路，缘自 20 世纪 90 年代的一次接待。1996 年 10 月 28 日，中国首席大检察官张检察长到我工作的基层检察院视察工作。晚上 8 点多，首长提出要散散步。于是，我陪首长来到西氿湖边，沿着氿滨小道散步。缓步十多分钟，首长开始加速，快步走起来。走着走着我开始大喘气，有点跟不上了。我暗暗佩服已上年纪的首长，脚劲是那么好。快步半个多小时，首长又开始缓步。边走边对我说，去年生了一场病，医生关照要多走路，强身健体。你们年纪虽轻，但处在办案第一线，工作强度大，也要注意锻炼身体。首长那么注重锻炼，坚持走路，给了我很大的启发，从此，我把走路作为锻炼身体的主要内容，并且长年坚持下来，它的诸多好处使我爱上了走路。

走路是体育锻炼中最经济方便的。打球需要场地、球伴，游泳需要泳池，其他运动需要专门器材，而走路则经济方便得多，只需备上一双适合走路的鞋，有适宜的地方就行。在城市优化发展的今天，广场、公园多了，住宅小区条件好了，适宜走路的地方随处都有。在时间的利用上，走路锻炼更具优势，可以灵活安排。工作时，上下班可以走走，办案空隙可以利用。晚上时间更可灵活支配。退休后，我走路锻炼的时间就更充裕了。

走路是思考的最好时光。走路是一项有氧运动，那时大脑最清醒最活跃。走路时，可以思考一下手头的工作，难解之结往往在这时解开；可以理理家庭琐事，排排轻重缓急，那些不重要但又必须做的小事，往往会在这时想起；可以酝酿一下想写的文章，构思一下框架，那鲜明的标题，往往会在路上冒了出来。当然，也可以什么都不想，哼哼小调，看看风光，让思绪随风漂荡。

爱上走路，至今我坚持了二十多年。走路，我并不计算走多少步，而是看时间，每天坚持一个小时以上。我曾坚持上下班走路多年，在当时的机关单位引发了走路热。走路，我不追求高档场地，而是因地制宜，选择可行之道即可。居家小区、公园绿地、乃至大型商场，都是我常去走路的地方。当然，晚上能在学校操场、机关大院走走，那就更爽了。记得当年在省机关工作，一次恰遇家乡的蒋洪亮书记来省开会，同住西康宾馆。晚饭后，我们俩一起到隔壁的省委大院散步走路，边走边聊家乡的情况，聊人生感悟，不知不觉转了六大圈，走了一个多小时。斯事虽已久远，但那次走路爽爽的感觉记忆犹新。

走路，许多单位对此是很支持的。宜兴环科园有家小学，每天放学后，从5点到晚上8点，对社会开放操场，让百姓进校锻炼，这真是可贵的惠民之举。

走路，是有回报的。坚持走路多年，使走路成为一种自觉，成为生活中的一部分，自己的体能、体魄和体型都保持在较好的水平，让我找到了身心健康的自信。走路，回报给我的是生理健康和心理健康。

爱上走路，没错的。

2018 年 12 月 12 日

登泰山随想

　　泰山，五岳之首，巍峨雄奇，曾是历代帝王登临封禅之山，也是百姓崇拜的神山。"泰山安，四海皆安"，它承载了中国五千年博大精深的历史文化，吸引人们前来登攀观光。近日，与几位退休的老友，结伴到泰山旅游。那天是阴天，早上还下点小雨。我们从天外村方向进入山门，乘中巴车到中天门，然后坐上缆车，直达南天门，轻松地登上了泰山玉皇顶。在山上转了转，拍了些照片，又坐缆车下山。十分顺利，十分轻松。下得山来，我心里却感觉空空的，有点虚，这也算登泰山么？好像缺少了什么东西。缺少了什么呢？

　　晚上，坐在宾馆房间的沙发上，泡上一壶宜兴红茶，思绪开来。

　　记得我们在中天门上缆车前，遇见了三个年轻人下山来，每人手中拄一根竹子登山棍，显得有些累。我上前与他们交谈，年轻人自豪地告诉我：我们凌晨3点就上山了，天色灰暗，爬上去不容易，很累。但我们看到了平时看不到的别样风景，很值得，也很开心。然后，笑着与我们打招呼，慢慢走下山去。

　　我回想起二十多年前自己第一次徒步登泰山的情景，在向玉皇顶冲顶时，我已十分疲惫，满头是汗，是在同事们的鼓励下，咬着牙，一步一步登上山顶的。但登顶成功的喜悦，伴随了我好多年。

我又想起 6 月底，孙儿康康登泰山的情形。一年级期末考试结束，他父母就带他去登泰山，为的是磨炼小孩的意志。八岁的康康，从红门出发，克服身体的不适，用了六个小时，坚持登上了山顶。从山上发回的图片里可以看到他累累的样子。在他当晚写的日记中，除了记下在山上看到的一些风景，还写下这样一段话："我们到了十八盘，发现路比前面更陡了，一盘就是一百级。爸爸问我，还爬不爬？我坚定地说，爬！我想看更美的风景，所以拼命地往上爬，终于爬上了南天门。山上的风景真好啊！"是啊，经过艰苦的登攀，在他眼里，看到的风景就更美了。

想到这里，我明白了，为什么这次登上泰山，没有"山高我为峰"的自豪感，反而觉得心中空空的，不踏实。原因就是缺少了登攀的过程，那种艰难而又要坚持的努力登攀的过程。轻轻松松获得的成功是微不足道的，是不值得自豪的。

说实在的，我与几位老友都已退休好几年，已是"奔七"之人，体力和精力都已减退，再要强行登攀高山，就勉为其难了。然而，我们在出发时就想好了坐缆车，连尝试一下登攀的心思都没有，说明我们勇于登攀高峰的意志消失了。这可是要引以重视的。

人生就像一场漫长的旅行，每个阶段都有不同的山峰等待我们去登攀。学生有学业的山峰，青年、中年有家庭、事业的山峰。登上一个山峰，我们就收获一份美丽的风景。老年呢也有山峰，那就是怎样高质量地生活。古人说，人生七十古来稀，我以为那只是过去的写照。而今，国家强盛了，人民的生活水准提升了，古人之言已被改写。国学大师季羡林说过，老年或晚年，是人生的秋天。要说它的美，我觉得那是一种霜叶的美。你看，说得多好啊，"霜叶红于二月花"呀！如今，我们赶上了好时代，夕阳无限好，晚霞更美丽。天黑之前的人生道路还很长，还会有更精彩的风景。当然，更会有一个又一个如山的困难在前方，需要我们去登攀翻越。如此，老年人当继续保持敢于登攀的境界。自然界的高山，我们可以不再勉强登顶，对待人生道路上的山峰，我们却不能等而闲之，必须坚强意志，勇于登攀，这样才能不断收获人生更美的风景。

夕阳就要西下，让我们带好行装，向着美好的生活，继续登攀吧！

"世上无难事，只要肯登攀"。

2019 年 10 月 17 日

留 余

留余？留余！

留余是什么意思？留余是我最近由感悟而创制的一个新词汇，灵感来自大觉法语。

前不久，我陪一位老同志去佛光祖庭宜兴大觉寺观光，在大雄宝殿的大觉法语箱内取得一纸法语：福莫享尽要留余德，话莫说尽要留余地，事莫做尽要留余路，心莫用尽要留余量。这是一段关于人生的法语。回来后，细细体会，觉得很有意思。这段话的关键处是"莫"和"留余"。"莫"带有规劝的意思，用"莫"而不用"不"，弃去那种生硬的坚决的否定，不强求，由你自己领悟，更易使人接受。"留余"，当是凡各种行为在理念上都不绝对到尽头的总概括。"留余"区别于"有余"。有余反映的是一种客观状况，而留余具有明显的主观意愿，反映的是主动的积极的意愿，因此，留余是一种理念，是一种心境，是一种胸怀。按此模式造句，还可有许多，如：利莫取尽要留余源；权莫使尽要留余威，等等。我以为留余是一种很高的境界，对于做人处事都有积极的意义，值得借鉴。

留余是蛮符合辩证唯物主义法则的。试想，一个人能把世上所有的福都享尽吗？那是不可能的。华西村老书记吴仁宝曾说过，家有黄金万吨，一天不过三顿。更何况享福不只是物质上的，还有精神上的。同样，我们也不可能把所有的事都做完。坏事不能做，那是肯定的。好事也不可能全做。事物的发展是有规律的，社会的发展也是有阶段性的，违背规律超越阶段去做事，将是事倍功半，甚至南辕北辙。凡事都应有度，否则物极必反。当你享过度福、做过度事、使过度权、用过度心、说过度话、取过度利，那么，你就会走向反面。比如有的地方在政绩上浮躁、过度开发、超速发展，GDP上去了，污染和灾害留下了，就是抢了子孙饭碗，断了子孙生路。比如有的人利用职权谋取私利、违反法律谋取暴利，便成了人民的罪人。凡此种种，除了其他原因外，恐怕起码是缺乏留余的境界。

留余，还要学会取舍。当我们明白了做人处事应当留余时，还应知晓怎样留余，学会正确的取舍。如对待利益，孟子云："鱼，我所欲也；熊掌，亦我所欲也。二者不可兼得，舍鱼而取熊掌者也。"两利相比取其重，这是一种取舍法。吴仁宝说，有福民享，有难官当。这是又一种取舍法。唐朝名臣张说的《钱本草》，把钱喻为药材："钱，味甘，大热，有毒。其药采无时，采之非礼则伤神。如积而不散，则有水火盗贼之灾生。"你看，多好的取舍观，既要取之有道，又能舍（散）之驱害。我国已进入法治社会，取舍要以法治为原则，坚持在法律的范围内做人处事。多做利国利民利己的事，不做违纪违法损人的事。

留余，可以使人始终保持健康的心态。留余之理念，其实就是面对浮躁的尘俗，面对种种诱惑，保持一颗平常心。习近平总书记说过，在我们国家有一句话，叫面壁成佛，就是自我境界的提升。当我们能用留余的理念做人处事，就会减少欲望，摒弃浮躁，就会保持愉悦的心情，提升自我境界，这样社会就会变的和谐美好。用留余的心情生活，人才活得舒坦。于是，我请书法家苏振远先生题写了"留余"两字，装裱成条幅，挂在墙上，提醒我保持留余的心态。

　　劝君留余！

2013 年 5 月

无事吃茶

"无事来吃茶啊——"。

回到家乡宜兴，这是我经常听到的热情而客气的招呼声。"无事"，在宜兴话中是指有空闲的时间，而非没有事情做。"无事来吃茶"是邀请你有空来串串门，吃茶聊天。这样的邀请，很自然不做作，让人听着很亲切，是很纯正的家乡味道。

"吃茶"，是宜兴方言。宜兴人把喝茶叫做吃茶，如同把喝酒叫做吃酒一样。吃，论其本意是用嘴嚼吞食物。而茶和酒都是液体，是不需要嚼的，可能是认为茶和酒与食物一样，可以也应该在嘴里多停留一会，如同嚼食物一样品品味道，才物有所值，体现应有的价值吧。历代文人诗作中的"吃茶"是否延用了宜兴人的这种讲法，没有认真考证，姑且存而不论。

吃茶，历来是宜兴人的最爱。宜兴人家家有茶，待客必奉茶。从老年人的吃早茶、书场听书吃茶、吃茶洽谈生意到调解民间纠纷"吃讲茶"，宜兴人爱吃茶历史悠久。宜兴有好茶。宜兴是著名茶乡，盛产的阳羡茶久负盛名，早在唐代就被列为贡品。如今的阳羡茶不仅茶园规模大，更有"竹海金茗""善卷春月""阳羡金毫"等一批名特品牌茶扬名天下。宜兴有好壶。泡茶必得有器，茶具之首当数紫砂壶。宜兴紫砂壶举世无双，因材质好、造型美、做工精、泡茶香以及独特的文化气质而受国人喜欢、追捧。宜兴还有好水。古有金沙泉水，清澈晶亮，泡茶沁人肺腑。今有云湖水，全省乃至全国少有的饮用一级水。好茶好壶好水共处宜兴，被文人们誉为"江南吃茶三绝"。因此，宜兴人爱吃茶就是天经地义的了。经历了乡镇企业"拼酒"文化、开放搞活的"拼阔"文化，宜兴人回归理性，在茶文化的发展上不断见长。而如今发出"无事来吃茶"的邀请，则完全不同于旧时上茶馆和现时去茶座吃茶那么简单，据我观察，除了有好茶、好壶和好水外，邀请人还具备另外三个条件：有地方，有时间，有文化。吃茶的地方或在自己的工作室或在接待室，茶桌椅、茶艺工具一应俱全，一般可坐六到八人吃茶。主人有时间陪同，偶有工作事项处理，也不影响吃茶的气氛。更重要的是主人有"文化"，除了有书画布置、文化摆设的环境外，主人坐下来泡茶时，就会启动茶聊模式，无论时事政治天文地理还是文化艺术家庭琐事，他都能接得上、说得开，绝不会让茶聊冷场。从"无事来吃茶"的招呼中，可以看到如今宜兴人的生活自在、悠闲自得和文化自信。

因自由支配的时间多了，回宜兴吃茶的次数也多了。"无事吃茶"，串串门，聊聊天，我的感悟是好处多多。一曰接地气。与一帮老乡老友及其朋友吃茶聊天，没有市场的功利，没有官场的规矩，没有网络的虚假，地方事件、百姓话题，什么都可说，什么都可评。这可是坐在机关里听不到的百姓所思所想、所喜所爱、所恨所虑。这就是接地气。二曰长知识。在宜兴吃茶，经常会遇到工艺大师、书画大家和各行业的企业家，他们专业知识渊博、社会阅历丰富，与他们交谈尤如听课，增长知识，是一种文化享受。三曰健身心。茶对于人体健康是积极有效的，中医认为，茶叶上可清头目，中可消食滞，下可利小便。现代医学认为吃茶可降"三高"，具有抗衰老抗癌症的作用。就我个人体会而言，吃茶确实有益身心健康，一日不可无茶。有次在丁山茗陶苑爱林君处与一帮老友吃了两个多小时的茶，宜兴乾红换泡了三次，真是茶汤浓谈兴浓醉意浓，吃得微微出汗，全身通透，确有"两腋习习清风生"的感觉，舒心啊！四曰有幸福。叔本华说，幸福就是痛苦的避免。梁实秋解释道：所谓痛苦是实在的，而幸福则是根本不存在的，痛苦不存在时之状态，无以名之，名之曰幸福。我们"无事吃茶"，海阔天空，愉悦舒心，没有痛苦，岂不幸福。吃茶时光，就是幸福时光。

鲁迅文学奖诗歌奖最新得主周啸天在获奖的《将进茶》中写道："空持烦与恼，不如吃茶去。""茶亦醉人不乱性，体已同上九天楼。"宜兴人以茶待客，以茶会友，远离俗气，远离烦恼，多好啊。无事吃茶，词语简单但内涵丰富，极富哲理，其辩证的逻辑结果必然是吃茶无事。无事吃茶，吃茶无事。这虽是大白话，却道出了人生真谛。

2014 年 9 月 19 日

苦恼的力量

在人生的道路上，每个人都会遇到各种各样的烦恼，或大或小，或长或短。人生在世，烦恼无法避免，先前的烦恼过去了，新的烦恼还会来，我们唯有积极地应对，正确地处置。有一种烦恼比较特殊，它是人生成长和发展过程中，不满自我现状而产生的，是主动寻找的，那叫苦恼。

1977 年的一个周日下午，我坐在床前的小椅子上，手捧着初中一年级的数学书，学不下去，信手在草稿纸上写下了"肩不能挑担，手不能提笔"一行字。我在苦恼，苦恼自己没有文化知识，没有专业技能，是个"无用"之人。是年我二十四岁，下过乡，当过兵，正在国企上班。

我们这一代人，因为"文化大革命"，该读书的时候没有读到书。我于 1966 年考入宜兴二中，入学没多久就辍学在家。在知识分子是"臭老九""读书无用论"的氛围下，自我感觉还很好，凭着小学的底子，能读"毛选"能看报，没有一点点缺少文化的苦恼。1976 年后，拨乱反正，追寻四个现代化，中国进入了新的历史时期。恢复高考，崇尚知识，科学的春天来了。于是，与我情况相似的一代年轻人，遭遇到了缺少文化的苦恼。

苦恼来自国家形势向上的变化，来自自己内心的"知识恐慌"。其实在人生的成长道路上遭遇这样的苦恼，不是坏事，至少说明我们还没有麻木，在前行的道路上，还有追求。当时，我清楚地看到自身的弱点，下决心求知问学，不能再做新时期的"文盲"，否则，将会被社会所淘汰。

带着苦恼后的清醒，我开始追求文化知识。先是找来初中的课本自学，又参加工会日语班的学习，继而报名参加了"语言与逻辑"函授大学的学习。选调进入检察机关后，追求专业知识的心情更加迫切。恢复高考时，我因只有初中文凭，连报名的资格也没有，这让我下决心报名参加了国家高等教育法律专业的自学考试。从此，我从零打碎敲的求知问学，走上了系统的、专业的国家认可的自学之路。

有位哲人说过这样的话："自己身上那些让自己讨厌、痛恨的特质，其实蕴藏着巨大的能量。"对此，我十分赞同。当人们从苦恼中清醒过来，振奋起来，我们自身蕴藏着的巨大能量，就能冲破苦恼的困扰，改造和提升自己。以小学的基础自学大学专业知识，还要全科通过国家考试，遇到的"拦路虎"是很多的。基础差、工作忙、双职工家庭事务多等，必须付出比他人更多的辛劳。面对困难，有一次我差一点就要放弃考试。但从苦恼转化而来的能量是巨大的，也是自己坚持不懈的动力，因为这是自觉的行为。

获得南京大学和省自考办联合颁发的高等教育毕业证书后，我又有了新的苦恼：没有进入过大学校园，接受老师的面授教化，没有大学图书馆群书的滋养，你的文凭只能证明你的学历，怎么证明你的学力和能力呢? 新的苦恼逼着我结合工作自觉钻研业务，并努力将学到专业知识运用到工作中，提升自我。同时，结合司法实践，尝试在法学理论的大海里学游泳，探索和博击法理的浪花。既提升自己的理论水平，也解决司法实践中问题。

"人是要有点精神的"，毛泽东主席这句极富哲理的话，曾经激励了中国几代人前行，也一直激励着我不断冲破自我苦恼的困惑。人生遇有苦恼并不可怕，可怕的是就此麻木，没有追求。是的，只要挺起精神，奋力拼搏，就能把苦恼抛在前行的路后!

2021 年 3 月 4 日

难忘的教益

打开《现代汉语词典》，查询"教益"一词，其定义是：受教导得到的益处。而教导是指教育、指导。对此定义，我以为应作延伸理解。因为，教益不是只能从领导或老师那里获得，凡是对人生成长、成熟有益的言行和事例，都会受到不同程度的教育和益处。检察机关查办职务犯罪案件，在与犯罪嫌疑人的较量中，办案人员不仅能增长才干，也会获得教益。下面叙说的是一个多年前的真实故事，我是亲历者，从中获得一起难忘的教益。

20世纪80年代末，我在检察院的经济检察科工作，那是反贪局的前身。那天上班，我叫上书记员，去看守所提审一名贪污犯罪嫌疑人。该犯罪嫌疑人是从部队正营职干部转业的，在国企当厂长。任职期间，他利用厂长的职务之便，贪污了巨额公款，被举报而案发。此案案情并不复杂，事实清楚，证据确凿，此次审讯结束就可侦查终结，移送审查起诉。审讯结束时，我按照办案的规定，要求他对自己为什么贪污犯罪找找原因，并对他进行法制教育。此人弯弯绕绕，讲客观理由多，找主观原因少，似乎贪污还有理由了。那时的我，年轻气盛，不管他原来资格有多老，毫不客气地予以训斥，训斥中还狠狠地骂了他几句。看着他双手紧握的拳头，因愤怒而变形的脸，我很是解气，他的那点所谓的尊严被我粗鲁地撕碎了。然而，他很快就恢复了平静。接着，带着调侃的声调，轻轻地吐出了一句话：科长，你又批评我了。就这么轻轻的一句，让我怔住了，这是我没想到的，一时想不出话来回应。一个昔日风光的领导干部，遭到一个年轻办案人员的训斥和辱骂，其愤怒是十分明显的，然而，他却能在很短的时间内平静下来，用调侃来缓和气氛，足见其心理承受能力之强大，为此，我的内心感受到了很大的震动。

回到办公室，我有一种被嘲笑的感觉。明明是我骂人了，他说是批评；我高声地训斥他，他回我以平静的调侃。他用这种方式嘲笑我只会训斥骂人，不会以理服人，嘲笑我没有涵养。假如是在平等地位下争论说理，我肯定不是他的对手。在审讯室这样的特定场景下，他在委曲求全，看起来他处在劣势，实际上是我输了，输得我无言以对。关起门来静静地寻思，我为什么会输。理论功底的浅薄，法律武器运用不自如，加上自身素养修为严重欠缺，其结果必然是输。检察机关办案，是正义与邪恶的较量，是法治与腐败的较量，犯罪嫌疑人就是较量的直接对手。作为一名办案人员，每办一起案件，既要查清犯罪事实，也要教育挽救犯罪嫌疑人。审讯中，我用训斥代替法制教育，可见教育之苍白无力。况且，骂人不仅是无能的表现，也损害了自己的形象，让对手看不起。而对手轻轻的一句话，却从另一个角度"教育"了我，令人惭愧。

此事给了我难忘的教益：一个法律的"使者"，在与腐败的邪恶较量时，必须是强者才能获胜。在后来的科务会上，我讲述了此事，并作了自我批评。同时，规范了办案纪律和要求。从此，我把此事作为镜子，努力增强素养修为，让自己成熟起来。

2021 年 3 月 11 日

破镜常照

近日读书，读到一篇文章，题目叫《破镜不照》，读后颇有感触。该文说，"破了的镜子就不要再照了"。就字面意义，我是赞同的。在生活中，镜子破了，照出来的影子也是破碎的，无法再使用，应该丢弃。然而，紧接着该文把失败比作破镜，提出"失败了，当然要好好分析失败的原因。一定要把教训铭记在心，以免再犯同样的错误。不过，反省完了，就不要耿耿于怀，努力向前才是最重要的"。意思是失败是面破镜子，反省完了，就不要再照了。对此，我有不同的看法。我以为，在人世间，失败这面镜破子，无论是自己的失败还是他人的失败，还是经常照照为好。不从失败中吸取教训，怎能继续向前。

在我多年的检察生涯中，曾办理过很多起玩忽职守、重大责任事故案件，每一起案件的被告人在结案时，都会痛心地说：没有能吸取他人的教训啊。事实确实如此，如果平时能将他人的教训作为镜子，经常照照，引起警惕，做好防范，许多严重后果是可以避免的。

在我的记忆中还有这样一件往事，那是检察机关重建不久，80年代初，在办案中发生的事。有一位办案检察官，在看守所提审犯罪嫌疑人时，警惕性差，有一本卷宗被犯罪嫌疑人趁其不备偷藏起来，他自己还不知道，直到第二天看守所管教民警送还才醒悟。这既是一个可以避免的低级错误，更是一个不可原谅的事故教训。事后，领导除了组织我们查找原因接受教训外，还经常在相关会议上，把这面"破镜子"拿出来，让大家举一反三地照照，起到了很好的效果，类似这样的事故再也没有发生。经常照照"破镜子"而获益的例子还有许多。在近年来的反腐风暴中，一个个曾经光鲜靓丽的腐败分子成为一面面破碎的镜子，纪检监察机关将他们的案例和忏悔编辑成反面教材，提供给人们经常"照照"，警示大家远离腐败，其效果是明显的。

事实上，我们每个人在成长过程中，总会犯这样那样的错误，都会遭遇各种各样的失败。在中国社会快速发展的进程中，企业或者地方政府不同类型的失误失败也总是会有的。人们哪，往往在取得成绩时，会陶醉起来，飘飘然起来，在一帆风顺时，会忘乎所以起来，于是，掉入陷阱而不知情，面临危险仍麻木。这时，如果能拿起"破镜子"及时照照，让人深省，悬崖勒马，那将会挽救多少隐形"失败"啊。在当前严峻的抗疫斗争中，某些单位失控，某些地方的失防，又何尝不是忘掉了前车之鉴。古人云：以史为镜，可以知兴替；以人为镜，可以知得失。面对那些种种不同类型的"破镜子"，我们不能事过即忘，而是要有点"耿耿于怀"之心，经常对照反思。当然那是为了从中吸取教训，把事做得更好，而不是止步不前。

前事不忘，后事之师。"破镜子"还是经常照照为好！

2022 年 4 月 3 日

异书多读

　　"古剑不磨留养气，异书多读当加餐"，这是老领导张思卿检察长多年前题赠给我的书法作品的内容。那是 1996 年 10 月底，张老来宜兴检察院视察、检查工作，回京后专门写了此条幅寄给了我。

　　收到张老的墨宝，我很高兴，但对所题内容的含义不是很明了。与同事们反复商讨揣摩，也不知其出处和真正的含义。当时还没有互联网，没有百度，要查找资料求证是很麻烦很费精力的。为此，我专门请教了资深的中学语文老师。老师告诉我，此联出自晚清名将左宗棠所言。其中"异书"一词，出自《后汉书·王充传》，意思是珍贵或罕见的书籍，在此联中可以看作好书的总称。老师还告诉我，此联是左宗棠读书的基本理念，其含义是读书要杂，要博采众长，学以致用。由此我知道了此联的出处，但对其含义的理解，则感觉不能仅仅理解为读书的理念。我想，张老把此联题赠给我，应该是有所指的吧。于是，我结合检察职业特点，思考探究，作出了自己的理解。剑，乃古代之兵器，剑的意象代表着侠义与豪情，也代表着建功立业，为国杀敌的热血。而现代之剑，则是法律，所谓摩克利斯之剑。检察官等执法者，就是磨剑之人，执剑之人。打铁必须自身硬，执法者当自强。检察官必须具有高尚的品德，公平公正执法的坚强意志，才能依法履职。而唯有多读书读好书，才是提升道德修养的有效途经。我想这就是张老赠与此联的真正含义。于是，我和我的同事们以此为要，组织干警读书学习，不断提升自身修养，推进检察事业向前发展。

近日整理书房，又一次翻看到了此条幅。相隔二十多年再见此联，格外亲切。我把它挂在墙上，仔细端详，好好欣赏。张老笔法老道，用笔圆转自如，结体古拙质朴，浑厚苍劲，字里行间透发出一股英气。"古剑不磨留养气，异书多读当加餐"，如今用退休之人的心态阅读此联，我则有了新的感悟：养老先养气。

历史上的古剑如湛卢、干将、莫邪等，均为王者所有，象征着权力。"古剑寒黯黯，铸来几千秋。"《古剑铭》中有此一说："轻用其芒，动即有伤，是为凶器。深藏若拙，临机取决，是为利器。"因而古剑是不可随便用的，而一旦"磨"来一用，定是要解决大问题。当然，磨剑也好，执剑也好，对我们退休之人来讲，已经没有什么关系了，因为我们已经远离了权力。然而，现实并非如此。有人退休后还总是想"抚抚剑""舞舞剑"，沾点剑之光影。还有的失"剑"之后立即失志，不信马列信鬼神。也有人总觉得后人"剑法"不如己，今不如昔，一如九斤老太那样喋喋不休，牢骚满腹。如此气不顺，何以安养晚年。我们是共产党人，不能忘记初心和使命，在养老的同时，要坚持养气，以践行习总书记"发挥正能量，做出新贡献"之号召，努力老有所为。

气是与人的精神密不可分的，养气，就是涵养和保护人的精气神，培养品德，充盈正能量。"腹有诗书气自华"，养气的有效途经在读书，多读书，读好书。退休前，忙于工作，没有更多地进行阅读，该读的书想读的书欠债很多，现在有时间了，可以多读，加餐式地读，以养足自身元气。这样才能跟上时代发展而不落伍，才能继续发光发热，老有所为。

异书多读，多读异书。我想，无论是青年朋友还是老年朋友，当应如此。

2022 年 5 月 3 日

茶有百味

　　茶，是百姓"开门七件事"中的健康之饮，人们从中品尝到茶的不同滋味，或甘甜、或淳厚、或鲜爽、或苦涩，那是茶的自然风味。人们还以茶会友，以茶修道，因而，茶还是礼仪之饮，灵魂之饮。不同的年龄、不同的阅历、不同的心情，会感受到不同的茶之味，有的尝到辛酸，有的获得清欢，有的满嘴无奈，还有的大呼幸福，那是人生的不同茶味。当茶融入各自的职业，化入各自的心智，就会产生别样的茶之味，可谓茶有百味。茶于我而言，是不可或缺的伴侣。我长期在执纪执法部门工作，主要任务是办案。多少年来，茶以她高贵的品德陪伴着我，营养着我，激励着我，让我温馨地享受茶的多滋多味。

　　茶有灵气，助我办案提神静心。办案，免不了调查取证、审讯犯罪嫌疑人，免不了出差、加班，免不了挨饿、欠睡。说实话，办案是很辛苦的，累人累心。同时，办案又有着严格的规范和纪律，必须审慎缜密，必须精细精准，容不得半点差错。还好，我有茶的陪伴，那饱含山谷灵气的茶，总是能助我成功。当我阅卷疲倦时，一杯香茗为我提神；当案件陷入"迷宫"时，一壶浓酽让我思路清晰；当碰到

"钉子"烦躁时，一碗"琥珀"使我平心静气。在写完结案报告的最后一笔，再喝一口浓茶时，此刻，我能喝出成功的味道。

茶有礼性，让执纪执法文明又暖心。门难进，脸难看，话难听，这曾经是机关部门的通病，老百姓为之怨声载道。教育整顿，刹住歪风，茶成为了文明的使者。机关部门制定的文明接待规范，将一杯茶，列入其中。记得有一次信访接待日，我值班，中午临近下班时，来了一位老者，工作人员告诉我，那是拆迁问题的老上访户。我起身热情接待了老人，让他坐下，为他泡上一杯茶。老人端着茶杯，显得有点激动。他告诉我，一上午已经跑了三个部门上访，到这里有茶喝了。他还说，我知道拆迁的事不归检察院管，但我还是想听听你们的意见。我耐心听他讲完诉求，告诉他拆迁问题政府有政策有规定，合理的诉求政府会满足，不合理的过分的要求，政府是解决不了的。老人听了，似乎有所悟，又喝了两口茶，心满意足地走了。我看着那茶杯中散发出的热气，感受了文明的味道。

茶有隐语，审讯智战可窥心。贪污贿赂犯罪是一种智能型经济犯罪，案发后，犯罪嫌疑人的心理防线较为牢固，一般都要经过防守、动摇到被摧毁三个阶段，审讯中如何把握住心理防线动摇阶段的变化，适时调整审讯谋略是办案的重要环节。那年，我们办理了一起受贿案，犯罪嫌疑人是个分管基建的副局长。承办人已经审讯了两次，我们掌握证据的一笔巨额贿赂，犯罪嫌疑人仍坚不吐实。第三次审讯我参加了。我让书记员先泡上一杯茶，待温了，放在他面前的桌上。我按规定亮明了身份，开始审讯。嫌疑人显得比较紧张，桌上的茶杯一直未敢碰摸。几个回合下来，嫌疑人不停地搓着双手，嘴发干，头冒汗，我知道他的心理防线动摇了。我加强了审讯力度，进一步动摇他的心理防线。突然，嫌疑人抓起茶杯，一口气将杯中的茶水喝干。这让我窥测到他的心理变化：他下决心了，要交待了。于是，我再一次讲明政策，鼓励他走坦白从宽的道路，全案由此告破。一杯茶，有隐语，可窥心，从中我体会到了茶的神秘之味。

茶有关爱，关口前移防贪心。近几年来，纪检监察机关参照香港廉政公署"喝咖啡"的做法，建立了"请喝茶"的廉政谈话机制。请喝茶不是启动调查程序，只是针对一些异动、不良苗头提前介入，属廉政提醒和预警。在喝茶这样相对轻松的氛围里，与当事人拉拉家常，提个醒，一般都会收到很好的效果。当然，纪委、监委泡的茶，味道是苦的，一般人不愿意喝。然而，"良药苦口利于病"，这样的茶虽苦，却能体现党组织的关爱。有"药味"的茶喝过之后，定会令人惊醒。

茶，草木之精华，世间呈百味。爱茶的人啊，尽情享受吧！

2022 年 7 月 13 日

马年吾耳顺

因孔老先生所言"六十而耳顺"，耳顺成了六十岁的代称。今年是甲午马年。我属马，甲午马，正好一个甲子到了耳顺之年，因此，马年吾耳顺。应该说，这里所言之耳顺与孔子所言耳顺是两个概念，那么孔子所言之耳顺真正的含义是什么？到了耳顺之年，是否就能耳顺呢？进入马年我常思索此事。

"六十而耳顺"，语出《论语·为政》。这是孔子对于自己在六十时所达到人生状态的自我评价。我翻阅了多名学者的专著，对"耳顺"一词的含义有了新的认识。从古到今，学者们对"耳顺"一词的理解、解释是有争议的，有的观点甚至差距很大，概括起来有：听得进说，即什么话都能听得进；辨得清说，即听到别人说话就能辨别真假是非；意通说，即对耳闻的东西能融会意通，正确理解。还有人命说，即"耳"是衍文，多出来的字，本意是顺天命，等等。多种说法，似乎都有道理。这几种说法对耳顺的标准要求也是有高有低的。我不是专家学者，无法对上述观点正确评价。然而我认为，六十岁是我国现阶段规定的退休年龄，也是进入老龄行列的年龄，更是人生的重要阶段。我等在经历了少年学、青年立、中年不惑知天命的人生阶段，已经具有了较丰富的人生阅历和一定的修养水准，而今步入老年阶段，理应对人生状态作调整，达到一个新的境界。我们是凡人，不能用圣人的标准要求自我，但我们可以向圣人学习，进入耳顺之年就更加自觉修炼，通过几年努力，达到"什么话都能听得进"这样的耳顺要求。细细想来，达到"什么话都能听得进"之耳顺，要求还是蛮高的。进了耳顺之年，不等于就自然有了耳顺之境界。钱穆先生说，耳顺者，一切听入于耳，不复感于我有不顺，于道有不顺。他还认为耳目相通，举耳可以概目。因而，要达到所见所闻都"不复感于我有不顺"之境界，就是要做到批评意见听得进，不实之词容得下，有害之言处得好。这是需要有很强的定力和较高修养水准的。

　　马年伊始，我开始了耳顺修炼之旅。首先是读书补课筑筑底气。我们这代人，由于众所周知的原因，该读书时没书读。后来的读书主要也是为文凭而读，大量的该读的书都没好好读过，我们是时代的"缺课者"。为弥补文化修养之不足，今年以来，我多次跑书店，选购了一大批想读应读之书，意在好好补课。我想，筑牢了文化大坝，修身底气定会油然而生。其次是调整心态练练静气。心态对于耳顺修炼十分重要，同样的一件事、一句话，用不同的心态去对待，结果是不一样的。为此我刻意练之。面对不满之事、逆耳之言，先让自己静下来，做做"扩胸运动"，调整好心态，然后再慢慢消化处置，效果是很明显的。第三是心情转换得些"灵气"。心情转换是星云大师在《放下》一书中教我们的方法。他说，凡事多为他人想，不要只为自己想；凡事多往好处想，不要只往坏处想，自能转换自己的心情。以此方法去面对所见所闻，我们还能不耳顺吗？以此方法去处理不满之事、逆耳之言，我们还会缺少"灵气"吗？

　　耳顺修炼贵在自觉，贵在坚持。长期坚持下去，必能达到耳顺之境界。然后，朝着"从心所欲，不逾矩"而奔去。

2014 年 12 月 13 日

两棵隋树

隋树，不是树的名称，而是指隋朝时期种植的树。

近日到浙江台州观光，我见到了两棵隋树。一棵是隋梅，在天台山国清寺内；一棵是隋樟，在临海市城隍庙内。这两棵距今已一千四百多年的古隋树，令我肃然起敬，也让我感慨万千。在苍老而硬朗的古隋树面前，感觉自己很渺小！

国清寺位于天台县城关镇，始建于隋开皇十八年（598）。隋代高僧智越大师在国清寺创立了天台宗，为中国佛教宗派天台宗的发源地，影响远及国内外，是韩国、日本天台宗的祖庭。在千年古刹大雄宝殿的右侧，从圆洞门进去，就可以看到这棵苍老遒劲的古梅。隋梅长在黄色的围墙边，有十米多高，胸径粗四十多厘米，宽大的树冠伸出墙外。老树主干呈屈曲盘旋的虬枝状，有很多个大小不一的树瘤。主干顶部已经断缺，旁生好几条支干，攀附于主干，犹如千年古藤。树旁的墙上挂着一块小匾，用汉、英、日、韩四种文字告诉人们：这棵隋梅，相传是隋代寺院初建时天台宗五祖章安大师手植，是国内最古老的梅树之一。20 世纪六七十年代，隋梅濒临枯死，古寺全面整修后，枯木逢春，花枝满头，果实累累，实为一大奇观。

已经一千四百多岁的隋樟，则是一派"壮士"模样。在临海市台州府城隍庙内，我见到了这位大块头的"壮士"。因为曾经遭受过雷击，直径近一点八米的粗大主干被劈去大半，现存主干的厚度只有六十多厘米，靠着存留树干的树皮供应养料，仍生机未灭，顽强地活着。隋樟袒胸露肚，铁紫色的木纹肌理，线条清晰，如同一块块健美的胸肌、腹肌，展示出力量之美。隋樟又像一块巨大的化石，并被神化，人们在树的周边系上一条条红丝带，在这里许愿祈福。

两棵几乎同龄的隋树，有着不同的形象不同的风格。隋梅，如同一位慈祥的智者，站在国清寺的一隅，向前来朝拜和观光的人们，轻轻地叙说着春秋故事和人世间的道理。隋樟，则像一名身残志坚的勇士，用自身的故事，给人们传递着不能服输的正能量。两棵隋树有着许多共同的特点，而最为突出的就是坚强。千百年来，它们用木质的身躯，经受着严寒酷暑、雷劈火烤的残酷考验，顽强地活着，这是何等的坚强啊！

从台州回来，这两棵隋树的形象一直在我脑海里盘旋，挥之不去。我在想，树木没有思想，何来坚强意志，它们是靠着求生的本能去生长，去抵御灾难的。它们没有什么歪七歪八的想法，只要有一点空间，就快乐生长。再给一点阳光雨露，还会灿烂怒放。人类也是有求生本能的，而且有很强的对苦难的承受能力。余华的小说《活着》，就充分地写出了人对苦难的承受能力。与树相比，人还有思想，能用坚强的意志去对待苦难对待人生，因此，就会出现张富清、张桂梅、杜富国这样的共和国楷模。可是，思想有正确的，也有错误的；能量有正面的，也有负面的。楷模必竟是少数，还有很大多数的我等凡人，人生中遇到困难挫折，遇到灾难风险，就会消极失望。更有甚者，在人生的道路上，有人想多了，想歪了，在欲望、财富面前误入歧途，迷茫了，烦恼了，不知道该怎样活着了。余华说，在写作小说《活着》的过程中，明白了一个道理：人是为活着本身而活着，而不是为了活着之外的任何事物所活着。这话有道理，我赞同。人如何活着，我觉得可以向这两棵隋树好好学学。

2023 年 5 月 10 日

从军五十周年感言

1972 年底，十八岁的我应征入伍到部队，成为建筑工程兵第 140 团的一个兵，军龄从 1973 年起算。1975 年底，中央军委下达了裁军命令，我们团在撤销之列。1976 年 12 月我复员回家。今年，恰是我入伍当兵的五十周年之际，值得庆贺纪念！

回望五十年，胸中依然有激情！

回望五十年，感恩之情涌心头！

永远感恩部队

如果说三年知青生涯是人生的奠基石，教会了我怎样吃苦耐劳，负重前行，那么四年的部队生活则是教会了我怎样做人！

部队教我守纪律懂规矩。军人以服从命令为天职。军人有军人的纪律，军人有军人的规矩，容不得半点马虎。三大纪律八项注意，军人内务条例，纪律严明。还有那吃饭的规矩、走路的规矩等，不仅是军人的规矩，也是做人的本分。

部队教我学技能增本领。在部队参加了卫生员集训，经过半年的紧张学习，掌握了当一名卫生员的基本技能，担任三年多的卫生员，业务能力也不断提升。尽管复员后没有从医，但卫生员的知识本领还是让我终生享用，这是我综合素质的重要部分。

部队教我有理想要奋斗。当年，部队就是一所毛泽东思想的大学校，每个军人都是为人民服务的践行者。部队把我这个懵懂青年介绍进入中国共产党的大门，引导我为共产主义奋斗终身！

保持军人风范

从部队复员回家，无论干什么工作，我都牢记部队首长的教诲，践行入党誓言，保持军人风范。

服从组织安排。从 1977 年进工厂起，到 2015 年在机关退休，职业生涯中有二十多次的岗位调整，有八次单位变动，还有三次地域变换。我牢记"军人以服从命令为天职"的信条，愉快地服从。

坚持军人素养。虽然离开了部队，但军人的素养仍一直保持着坚持着。努力守时守信，没有特殊情况，决不迟到失信。保持仪表风纪，行如风，坐如钟，决不懒散。坚持体格锻练，保持良好体能。

始终努力奋斗。努力奋斗，这是在部队入党时的誓言，我始终践行着。因为努力奋斗，我的文化知识才会不断上升，人生轨迹才会不断上扬，才能四进人民大会堂领奖！

走好军人步伐

如今，我已到了古稀之年。杨绛先生在九十二岁时说，她已走到了人生边上。按此思维逻辑，古稀之年是正在走向人生边上。当然，走向人生边上，还有漫长的路程，我要用军人的步伐，走出军人的风采。

按正常速度走。走向人生边上，不要超速不要抢，沿途的风景不能错过。必要时"原地踏步"，延长走路的时间就是延长生命！

唱着军歌走。军歌雄壮有力，唱着军歌走，我们就有信心走好人生的晚年路程，保持好心态，越走越有劲。

相互帮扶走。晚年的人生路上，会有各种坎坷和磨难，我们要像部队拉练、训练那样，战友之间、朋友之间相互帮扶，相互鼓励，手拉手一起走出困境。

没有经历就没有感悟，没有感悟就不会珍惜。在八一建军节前夕，写下从军之感言，就是要珍惜人生的美好时光。人生的路还很长，"不管风吹浪打，胜似闲庭信步"，战友们，让我们携手同行，向着更美好的明天出发！

2023 年 7 月 31 日

走向人生边上

　　近读杨绛先生的著作——《走到人生边上》，颇有感慨。这本书，四万多字，是杨绛先生从九十四岁开始，用两年半时间写成的。她站在人生的边缘上，向后回望人生，思考人生的根本问题，探索人生的价值。我边读边跟着杨先生思考，思绪开启着古稀之年的人生旅程。

　　岁月似流水匆匆而去，不知不觉地我也跨进入了"70后"的行列。说实话，在此之前，自己还没有感觉到"老"。而现在到七十岁了，想起杜甫的"人生七十古来稀"之句，再看看政策和法律对七十岁以上老人更加优待的规定，还有诸如驾车等技能工作的限制条件，应该承认，七十岁真正开始要老了。根据科普知识的介绍，七十岁以上的老年人，脑力、代谢力和免疫力等都会明显开始衰退，老年生活将开启新的时期。

　　杨绛先生十分睿智，创制了"人生边上"一词，替代那个不受欢迎而又无可避免的字。九十岁时，她说是站在人生的边上，一百岁接受《文汇报》记者采访时，她说是坐在人生边上。那么，七十岁、八十岁呢？顺着杨绛先生的逻辑思路，我认为，七十岁应该是走向人生边上，八十岁则是走近人生边上。

走向人生边上，听起来不是那么顺耳，更不悦耳。但这是自然规律，每个人都无法逃避。你看那些封建君王，炼仙丹谋求不死，有用吗？再看那些善男信女求神拜佛祈求长生不老，也是梁山的军师——"无用"。面对七十岁开始的老年生涯，我们唯有调整好心态，以平静心情，笑迎夕阳。

百岁老人杨绛先生不愧是人生导师，对如何过完人生的最后阶段，到达人生的终点，她指点我们的是"走"。是的，面对人生终点，我们不能跑，更不能借助任何交通工具加速，那等于是加快结束生命。我们也不能爬，更不能躺，因为那是病态，会让生命提前停滞。走，是最恰当的。走向人生边上，其实是真正的老年生活刚开始，距离走到人生边上还有漫长的路程。尽管在走向人生边上的路途中，会有风雨、坎坷与磨难，而更多的是有阳光的陪伴，路边的鲜花会向我们微笑，天边的晚霞会向我们招手。只要我们充满信心，科学地生活，就能走出晚年人生的精彩。

走向人生边上，一定要保持良好的心态。路漫漫，不要急，愉悦地走。要多让少争。面对社会上的各种诱惑，遇到所谓的"名利"，要让开，不要去争。保持平常心，用我们丰富的处世智慧，解决好晚年生活可能会遇到的矛盾、坎坷和磨难。凡事让一让，日子就顺畅。要多动少闲。既要多动身子适度锻炼，也要多动脑子学点新知识新科技，不能与社会发展脱节。闲而无事是非多，找点爱好，寻点乐趣，让生活快乐起来。要多悦少怨。国家对老年人的关爱和保障会越来越好，我们要知足，知足才能常乐。不要生活在抱怨中，沉浸在责怪里。抑郁的天敌是快乐愉悦，只要心中有阳光，晚年生活的路途上一定会"彩霞满天"。

人的生命只有一次，而人生的晚年是最宝贵的，应该十分珍惜，彰显人生价值。季羡林老先生曾说："如果人生真有意义和价值的话，其意义与价值就在于对人类发展的承上启下、承前启后的责任感。"我的理解，每个人在人类发展的长链中，都是真实的一环，都有存在的意义。人老了，更要有责任感。人到古稀之年，经历了几十年的风风雨雨，掌握了丰富的人文科学知识，也积累了睿智的人生经验，这是人类的宝贵财富，传承下去就是对人类的奉献，也就体现出季羡林先生所言之人生价值。我有许多熟悉的老同志老领导，他们退休不退志，在街道、在学校、在协会、在家庭，用不同的方式，关爱着下一代，传承着人生的智慧和经验，同时也收获着老年生活的快乐。真好！

走向人生边上，步伐要稳健。我曾是个军人，深知军人的步伐既稳健又有风度，老年生活也当如此。迈开军人般的步伐，不抢道不抢先，稳稳当当地走，必要时"原地踏步走"，走"慢"一点就是延长生命。

毋庸讳言，七十岁已经来到了走向人生边上的始端，我们要勇敢地面对。"不管风吹浪打，胜似闲庭信步"，在夕阳下，在风雨中，努力走出人生应有的风度！

2023 年 8 月 7 日

办案哲思

——老检察官的办案经

    1979 年 11 月，我被选调进入刚刚重建的检察机关工作，在检察机关工作时间长达二十六年。期间，办案是我的主要任务。从学习办案，到独立办案，进而组织指挥办案，先后办了很多案件。此外，还参与讨论决策了的大量案件。这些案件，无法用具体数字表述。所办案件中，有一般刑事案件，也有职务犯罪案件，以查办渎职侵权、贪污受贿案件为多。办案，是工作更是历练。在几十年的办案生涯中，我有过幼稚的举措，有过粗鲁的慌张；犯过低级的错误，也坚持过偏激的耿直。现在想来，实践，是最好的老师，只有"在游泳中才能学会游泳"。办案，促使我学习、思考，促进我成长、成熟。办案中，我不断摸索工作方法，积累侦查经验，把握好方针政策和法律的运用，远离冤假错案，使案件质量越办越高，办案效果越来越好。

    习近平总书记曾经说过："现在，青春是用来奋斗的；将来，青春是用来回忆的。"如今，我已到了回忆的时光。虽然距离当年办案的时间很长了，但当年办案的场景、情形和理念，时不时会冒出来，让我忆起。那些具体案件不必展开说，而当年那些思考和理念还是有价值的，应该把它们从脑海深处找回来，归归拢，作为曾经思考过、坚持过的人生小结。

办案立场要坚定

1. 办案，是一件很严肃的事，也是一件很神圣的事，它涉及到党纪国法，关乎国家和人民的利益，更涉及当事人的合法权益。必须慎之又慎，精细精准。

2. 案件是不能出差错的。一个单位办一千件案件，出了一个错案，那是千分之一的错。但对当事人而言，则是百分之百的错，是错不起的。

3. 邓小平同志曾经说过，中国的问题要警惕右，但主要是防止"左"。此话用在办案上，也击中时弊，十分贴切。办案，不但要警惕右，更要防止"左"。

4. "惩前毖后，治病救人"，是我党解决自身问题的重要方针。每个办案人员应该坚持贯彻落实，办案中决不能用整人、搞人的方法和态度，即使是触犯了刑律，也要以理服人，依法治罪。

5. 坚决反对办案人员滥用权力，为了个人利益或小团体利益，违反组织纪律，不请示报告，不经批准私下调查案件。对这样的行为，不仅要制止，还应严肃处理。

6. 办案，是正义与邪恶的较量。较量需要勇气、智慧和意志。有人说，狐狸最狡猾也斗不过好猎手，此言极是。但问题在于，做一名真正好猎手是不容易的，是需要付出极大努力和代价的。

7. 检察机关查处贪污贿赂等职务犯罪案件，与公安机关查处杀人、盗窃等一般刑事犯罪案件是完全不同的。一般刑事案件是以事查人，职务犯罪案件是以人查事。因此，公安一般用"破案"这个词，而检察则称"办案"。侦查方式也不同，检察机关不能用全面排查的方式、也不能大量使用技侦手段等方法去侦查职务犯罪案件。否则，就会造成政治生态的混乱，也会严重影响到案件的正常办理。

8. 办案人员要忠于法律，忠于事实，做到全面收集证据。既要收集有罪证据，也要收集无罪证据，这样才能不枉不纵。

侦查审讯是门技术活

9. 作为一名职务犯罪案件的侦查员，必须具有强烈的侦查意识。在整个案件的侦查活动中，始终保持高度的清醒、警觉和灵敏的精神状态。没有这种状态，将会功亏一篑，一案无成。

10. 一个优秀的侦查员，要有正确的办案思维。拿到案件线索后，要从成案的方向去思考，设计好调查方案去查处，立足于证据的取得和成立。在案件结案时，要从不构成犯罪的方面去思索，立足于正确区分违纪、违法与犯罪的性质界定，排除无罪因素，以确保案件的质量。

11. 查办职务犯罪，审讯是十分重要的环节，面对那些昔日的官员，没有点能耐是拿不下来的。理论功底、法律素养、相关专业知识、精明的观察能力，还有顽强的意志和耐力等，都是审讯人员必须具备的基础能力。见过很多审讯失败的案子，也补救过很多审讯"场子"。

12. 侦查员要全面了解和掌握办案对象的情况，善于发现其自身的弱点，为我所用。审讯中，抓住其弱点，采用不同方式针刺"穴位"，就能突破办案对象的心理防线。

13. 每次审讯都是一场斗智斗勇。成功的审讯从对视开始。对视，用正义的眼光，盯住对方的眼睛，盯得他心虚、心慌、心乱，让他在你炯炯威严的目光下，低下头来，败下阵来。

14. 口供是办案的重要证据，但不是证据之王。办案时不能为了偏面追求口供而走捷径，甚至采用形形色色的刑讯逼供。历史上因刑讯逼供造成冤假错案的教训太多了。

要探索和坚持由证到供的侦查思路，在获取证据上下功夫。

15. 审讯人员的政策水平和言行举止是成功审讯的基础。审讯人员要始终保持实事求是的精神，严肃认真的作风，沉着老练的态度，让被审讯人既怕你，又信任你，这样才能愿意交待问题。

16. 为了保障公民的合法权益，办案一定要讲程序，程序要合法。用不合法程序的手段获取的证据，是没有法律效力的。用违反程序法的手段办案，也是造成冤假错案的根源之一。

只有勇气、决心而无合法的本领是不行的。

办案是需要讲艺术的

17. 办案是需要讲艺术的。艺，本意是指技能。办案是要靠技能的，当办案的技能水准达到一定的程度，也就可以称之为办案艺术了。这里讲的艺术，是指办案时具有的技巧性、谋略性。无论是初查、侦查取证，还是审讯、搜查等工作，还有防跑风漏气，保护自身安全等方面，都可以讲究点艺术。艺术性地办案，才能使案件办出水平。

18. 查办职务犯罪案件，首要的是做好初查工作。对举报线索，先要正确评估，再从外围获得印证举报线索的事实依据，研判线索的可查性，作出决定。千万不能拿到举报线索就大张旗鼓地查，这样会打草惊蛇，更会伤及无辜。

曾经为了一封实名举报信，我找举报人了解情况，请他提供详实的举报事实。然而，举报人竟说，举报内容是听别人说的，有的是自己估计的。写得问题大些，就是想让检察机关重视，只要你们来查了，我就可以搞臭他。原来，他们之间有私仇矛盾，想借助公权报复。对此，我严肃批评教育了该举报人。此事也给我们提了醒，对举报信件，不光要慎重研判，初查时还要力求保密，否则就会被人利用。

19. 秘密初查，是我们办好案件的法宝之一。在不惊动社会面的情况下，采用多种方法秘密调查，获取相关的证据，可以确保案件的成功率，也能减少案件的负面影响。我们的老祖宗给我们留下了大量的诸如《孙子兵法》《三十六计》之类的宝贵财富，我们可以灵活借鉴使用。

20. 侦查案件要敢于风险决策。检察机关办案，没有更多的管控措施可用。在立案前接触犯罪嫌疑人只有十二个小时，我们不能违法查案。因此，我们要有风险决策的意识，该立案时要及时立案，该采取强制措施，及时下决心采取强制措施。

作出风险决策的决心，基于以下两点：一是有一笔构成犯罪数额的事实和主要证据，供证一致最好，如无口供，证据成链即可。二是有其他较多的线索可查。实践证明，风险决策大有好处，以最快的速度立案并采取强制措施，既破除了犯罪嫌疑人的幻想，也挡住了来自方方面面的干扰。风险决策后，许多问题迎刃而解，能迅速查清全案。

21. 在办案中，职务犯罪嫌疑人特别是那些大官、高官并不难对付，毕竟他们受党的教育培养许多年，有一定的政治觉悟，在特定的环境下，在党的政策感召下，往往容易认罪服法，交待问题会比较"爽快""彻底"。难对付的是他们的夫人、情人、特定关系人。她们是既得利益者，有着特殊的利害关系，且没有"官辫子"可抓，敢于对抗法律。让她们交待共同犯罪事实，提供相关证言，交待赃款赃物去向，难度很大，她们会死扛、死保。当然，她们也有软肋，找到她们的软肋，问题就简单得多。譬如，当夫人得知自己的丈夫在外面有小三，感情与财富外移，立马会因愤怒而"狂喷"。

22. 每办一起案件，都是一场斗争，除了与犯罪嫌疑人面对面直接战斗外，还要与旁侧的、暗中的、各种形式的对抗势力、多方阻力相斗争。更可怕的是，会有人给你挖"坑"、发"糖弹"、造谣惑众诬告你。因此，办案人员必须学会自我保护。打铁必须自身硬，只有自身站稳脚跟，出拳打击才会有力，才不会摔跟斗。自我保护最有效的措施是：依法办案不违规，文明办案不出格，快速出击不疲软，廉洁自律不怕邪。

23. 指挥办案如同指挥打仗，把握时机、把握全局、把握关键证据十分重要。我的习惯做法是：听汇报仔细问清，分析案情不放过任何疑点，关键证据亲自阅审。

曾经有这样一起案子，给我以警示。一案的受贿犯罪嫌疑人，因传讯时间到了，尚不具备立案采取强制措施的条件，晚上11时，让其回家，同时要求他第二天上班时间到院继续接受询问。该人回家后，连夜窜至徐州，与行贿人串供。第二天上午又按时来院若无其事地接受询问。当然，后来被我们查明了。此事引起我们的警觉，我们只是在办一起普通的小案子，但犯罪嫌疑人是会作出生死存亡式的抗博。如果我们不是从其他途径破获了串供，此案也许就办不成了。

指挥办案，不只是关注接受询问时的情况，还要注意监控犯罪嫌疑人接受询问后的动向，马虎不得。

24. 侦查指挥员要有较强的抗干扰排阻力能力，为一线侦查员减压。我的办法有三：一是依靠党委领导和人大的监督支持；二是坚定自身职责信念；三是多措并举，风险决策，快侦快结。

学点其他知识本领

25. 学习形式逻辑知识，对办案是有益的。曾经有这样一起案件：有人举报一粮管所所长贪污，所里有一笔五万元的收入，主办会计和出纳会计的证言，均证明款在所长那里，被所长贪污了。该所长予以否认，但又说不清楚。午夜时分，分管办案的副检察长打电话来请示，拟对该所长以贪污罪立案并刑拘。此案，表面上看是两对一的证据，能够推断定罪。但用形式逻辑的推理定律来分析可知，不相容选言推理必须遵守的规则之一，就是选言支必须穷尽。 我脑筋飞快转动，本案中，对于五万元的去向其选言支穷尽了吗? 如果两名会计的记忆有错呢? 两人联手诬告呢? 所里的账查过了吗? 账上有反应吗? 是什么走向? 一系列可能存在的不相容选言支，让我质疑。只有证言，缺乏书证和其他证据形成锁链，不能定罪。我当即明确，此案暂不立案，更不能刑拘。明天派人查账，待找到新的证据再研究。

第二天，侦查员查明，五万元钱已经入账，没有被贪污，两名会计均是记忆上有差错。

由此，借助逻辑知识的力量，我们避免了一起错案的发生。

26. 在审讯中，不要怕犯罪嫌疑人说谎话，对此，可以运用形式逻辑的归谬法论证推翻。一句谎言是要用 10 句谎言来圆谎的，当谎言圆不下去时，就可以从谎言的归谬中找到破绽。

27. 当年，我曾学习和研究过笔迹学，从笔迹看性格。也曾学习和研究过人体肢体语言，从体态看心态。还自学了犯罪心理学、辩论技巧等专门知识。虽然多年以后已生疏了，但在当年办案时，这些还是很有帮助的。

28. 科学仪器可以在办案中运用。心理测试仪（又称为测谎仪）在办案的侦查环节，是有益的辅助工具。早年，我到北京参加全国犯罪学年会时，专门拜访了中国公安大学心理测试中心主任武伯欣教授，参观了他的工作室，学习和请教了心理测试的相关知识。应该说，心理测试仪的设计是科学的，通过有针对性的设计问题、科学提问，借助仪表，测试出受测人回答问题时的生理变化，进而判定受测者是否在说谎。当然，也有个别对象除外，那是特例。无锡市检察院很早就购买了心理测试仪，但一直未启用。我到市院工作后，在案件侦查中尝试使用。第一次测试，我与技术员小华共同研究测试程序和标准，一起设计问题，一道进行测试，取得了令人满意的效果。当年，我们初查案件时，有几十次使用了心理测试仪，帮助我们下决心对犯罪嫌疑人立案、采取强制措施，实践证明是有效的，成功的。我要求小华对每一例测试都要做详细记录，当积累到一定量的时候，就可以总结分析，可以发表论文了。后来，小华成为了省内使用心理测试仪的专家，外地检察机关办案，经常请他去帮忙。

当然，心理测试仪只能作为办案的辅助使用，其结果对于侦查人员研判案情、果断决策有着积极的作用，但不能作为证据直接使用，它没有法律上的证据作用。

注重办案效果

29.办案，不能只看法律效果，还要注重经济效果、政治效果和社会效果。把握好每一起案件的综合效果，需要较高的政治站位，需要聪明的才智与果敢的胆略。

30.查办经济犯罪案件，必须坚持打击、保护、服务三统一。打击贪腐蛀虫，保护改革能人，服务企业健康发展。

31.长期办案，让我看到了案件背后的沉痛代价，萌发了应该"多抓预防少抓人"的想法，确立了依法预防的执法理念。尽管在当时有很多人不理解，但我与战友们不动摇，结合办案，开展扎实的工作，坚定地走实预防之路，成效是明显的，创了全国之先河。

32.当接到知情人举报，称有人携重金要给工程管理人员行贿，怎么办？是守株待兔，现场抓获，还是采取有效措施预防行贿结果的发生？这是两个不同的执法理念。现场抓获，能够立功授奖；预防制止，可以减少犯罪。立法和执法的本意就是要预防和减少犯罪，这也是执法者的根本职责。假如举报的是行凶杀人案、强奸案呢？我们还能坐等结果发生后再去查办，然后立个功吗？同样是对待犯罪，法理是一样的。我果断选择了预防制止，虽然没有"功劳"，但挽救了数个人的政治生命，减少了国家重大经济损失，减少了犯罪。

33.查办案件，千万不能好大喜功，凑数字拔高案件。要严格区分违纪违法和犯罪之间的界限，可定可不定的不认定，证据不确凿不充分的不认定。要让犯罪嫌疑人的认罪服法，口服心服。

当然，在经济上决不能让他们占便宜，该追缴的应依法全额追缴。

34.查办案件，要切实保障犯罪嫌疑人的合法权益。要让人说话，允许为自己辩护。切不可主观意气用事，不让人申辩。只有让犯罪嫌疑人把事情说清楚，才能排除所有疑点，查清事实真相，保证案件质量。

35.办案要体现人文关怀，满足犯罪嫌疑人必要的生活保障，特别是个人需用的药品。人文关怀还体现在其他方面，有两件小事给我留下深刻影响。

其一，有一次去看守所提审一名贪污犯罪嫌疑人，他原是供销员。审讯开始时，他目光呆滞，无精打采。当他看到书记员点燃一支香烟时，他的眼睛在放光。就在书记员拿着一份发票让他辨认时，他突然从铁窗里伸出手夺过书记员手中的烟，猛吸一口，红光一闪，半支香烟下去了，他脸色刷白突然倒地。我马上喊来看守员紧急处置，让他躺平后，他才缓过神来。原来，他是一杆老烟枪，进看守所十多天了，今天抢得一口烟，给噎住了，差点出事。后来，我去提审，经常会备上一包香烟，"关怀"一下瘾君子，也方便了审讯的进行。

其二，在查处一起民警徇私舞弊案时，根据交待，办案人员带上法律手续晚上去他家提取赃物。到达他家时，其家属提出能否晚点，待小孩睡着再来。办案人员电话请示我，可否？我同意了。此事给我一个警示，我们办案没有关注未成年人的身心健康，这是不妥的，是个教训。后来，我们专门制定了办案中保护未成年人身心健康的措施。

忆当年，"到中流击水，浪遏飞舟"。办案，为国家执法护法，为人民伸张正义，面对艰难险阻，任何付出都是值得的。回望曾经的"中流击水"，我仍然无怨无悔！

2023 年 7 月 16 日

旅 行

大九湖赏雾

　　神农架是我们想往已久的旅游胜地，近日，好友相约，终于成行。6月18日傍晚，我们住进了距神农架大九湖景区最近的坪阡村，准备第二天一早登顶看日出。

　　翌日清晨，因旅游公司的汽车不能早出车，我们5点40分才进入大九湖景区。景区无车上山，且时辰已晚，日出是无法去看了。大家有点沮丧，失望之际，摄影家卢伯生先生突然激动地大叫，"快看晨雾"！我们随着卢先生手指的方向看，不由得也惊喜地大叫起来："哇，真美啊！"

　　大九湖是"华中屋脊"湖北神农架深处的一片高山湿地，一条小溪串起九个湖泊，故名大九湖。从景区入口往里，依次排序。大九湖被群山环抱，风光秀丽，有湿地三万多亩，是高山中的平原。盛夏时节，依然天气清凉，宛如世外桃源。夏日清晨，神农架特有的小气候，使湖面腾升起阵阵白雾，在微风的作用下，不断变幻，神奇如仙境。

　　我们站在一湖与二湖之间的小路上，向湖区深处望去，浓浓的白雾正从三湖方向向我们涌来。不远处的山只露出个头，山腰以下被白雾遮掩，尤如白云绕山间。刚见过的小村子已被白雾笼罩住，全然不见身影。白雾与微风不停地追耍，时动时停，时浓时淡，周边的画面景色因此不断变换，美轮美奂，使人目不暇接。

雾成美景，以往只是听说，而今身临其境，我们兴奋、惊叹。赞美之际，赶紧拿起照相机或手机，把这奇妙的美景定格。至少这些美景是值得珍藏的：

一湖：雾浓，小船静静蒙眬眬；雾淡，白帆挂起入云中；白云入湖，云海翻腾舟自横。

二湖：雾浓，湖边翠枝时隐时现；雾淡，白鹅列队晃晃悠悠；早霞入湖，红嘴黑鹅相映成趣。

三湖：霞光透雾，丝丝入扣；金光射入，雾中草地晶晶亮；太阳升起，湿地潋潋一派生机。

大九湖的雾是清爽的。白雾浓也好淡也好，始终是清新的，甚至有点清香，有点甜味。吸一口周身爽快，舔一舔润肺舒心。

大九湖的雾是灵动的。雾是接近地面的水汽，是飘浮在空气中的小水珠。大九湖雾的灵气是因为她有一个好伙伴，那就是大九湖盆地里流动的清风。风推雾动，雾漂风追，调皮嬉戏，雾舞灵动。大九湖灵动的雾，创造出许许多多精彩的水墨画，可惜我们不能将她全部留住。

大九湖的雾是神奇的。她的神奇在于自身的涌动、漂浮、变幻，还在于她不断地创制九湖的风景，创造视觉的神奇。更在于她把你也拉入梦幻般的场景中，让你不自觉地调集视觉、听觉、感觉，默默体验心旷神怡、奇思玄想，感受似梦似幻，山在飞，人欲仙的意境。

美好的时光总是短暂的。当太阳醒来，伸过懒腰，升空值班，散发出越来越大的热量时，晨雾开始无可奈何地退去，这是大自然的规律，无法抵挡。晨雾给我们表演的时间太短了，加上我们着迷于眼前的美景，以致四湖以后的雾景未能欣赏到，只能留点遗憾了。

晨雾拂过，花草藤树显得滋润鲜嫩，阳光下生机盎然。"氤氲起洞壑，遥裔迎平畴"。晨雾为大九湖装扮，让大九湖增加颜值，更为神秘的神农架增添精彩。

在回去的路上，我们久久回味着。我们庆幸，在这天气无常、神秘多奇的神农架山间，欣赏到了大九湖梦幻般美妙的雾景。

2016 年 6 月 28 日

西昌之美

　　金秋时节，锡城好友大朱，提议去西昌卫星发射基地参观旅游。那里是他曾经服役多年的地方，有他念念不忘的卫星发射情结。美丽的西昌很诱人，而卫星发射又是那么神圣神秘，我欣然应约。在大朱的真情安排下，我们参观了卫星发射基地，游览了西昌胜景，西昌的美丽给我留下了抹不去的印象。

　　西昌有螺髻山，山不是很高，却完整保存了第四世纪古冰川地质遗迹。山下还是秋天，山上却是厚雪压枝，寒气逼人。海拔三千七百三十米的神秘黑龙潭，云雾笼罩。随着云雾合散起伏，湖水梦幻而现，带我们进入美丽的童话世界。西昌有邛海。轰轰烈烈的地壳运动，造就了以恬静著称的四川第二大湖——邛海。从傍湖而建的邛海宾馆，就可将湖光美景尽收眼底。邛海湖水清澈，胸怀博大，她把苍翠泸山搂在怀中，把独钓老人搂在怀中，把新城高楼搂在怀中，把湖边小桥搂在怀中，清影倒映，婀娜多姿，使邛海更加丰盈靓丽。西昌有明月。汉武帝时代，司马相如出使西夷，为西昌的银光月色所陶醉，写下了"月出邛池水，空明澈九霄"的佳句来赞美邛海月，西昌的"月城"之名由此而来。

西昌的自然风貌确实很美，然而在我看来，西昌之美，首推卫星发射场。

卫星发射场位于西昌市西北六十五公里处的大凉山峡谷腹地，其卫星发射测试、指挥控制、跟踪测量、通信气象、勤务保障等系统，都分散在峡谷之中的不同区域。据陪同的部队领导介绍，这里具有天然发射场的优越条件：纬度低，发射倾角好；地质结构坚实，峡谷地形有利发射；气候变化小，日照高达三百二十天，几乎没有雾天。卫星发射场自 1984 年 6 月 8 日成功发射我国第一颗地球同步轨道卫星以来，发射数量已经过百。目前，发射场已经开放旅游，但游客只能远距离观看。经部队首长特批，我们获准走近发射塔架近距离感受。发射场有两个发射塔架，相隔大约五百米，分别矗立在地势落差近百米的山谷中，一条小火车轨道直达塔架底下。其中一座塔架已开始围档，据介绍是准备为越南发射一颗商业卫星。仰望雄伟壮阔的塔架，只见九十七米高的塔顶已冲出山际线，仿佛置入蓝天白云间。这就是在电视中见到的火箭腾飞冲天的地方。我们围着塔架边看边听介绍，脑海中不由自主地冒出火箭升空的宏伟壮丽场面。这里，发射出我国第一颗地球同步卫星；这里，结束了我国租用外国通信卫星的历史；还是这里，"嫦娥"梳妆打扮，三次腾飞去月球"探亲"……我们为国家发达的高科技而自豪，为近距离接触到火箭发射场而激动，在发射架旁，我们美美地合影留念。这样的美是科技强劲之美，是国力强盛之美。

西昌还有一种美，始终让人不能忘怀，那就是卫星发射基地人的奉献美。部队首长安排我们参观了基地的陈列馆，让我们详细了解到了基地建设发展过程。20世纪60年代末70年代初，在国际形势复杂严峻的背景下，为独立自主发展我国尖端技术，国家决定在西昌新建宇航发射场区。于是，一支建筑工程兵部队开进了大凉山，在条件十分困难的情况下，开始了惊天动地的艰苦创业。在陈列馆，我们看到了基地创建初期司令员王世成的照片，他的英勇事迹让我们肃然起敬。1966年10月27日，在聂荣臻元帅的直接指挥下，中国第一枚携带核弹头的中程导弹打靶试验在我国本土进行，七名勇士担任了试射操作手，其中时任参谋长王世成是指挥长。核导弹试验的危险程度难以估量，因为发射控制地下室距离发射架不到一百米，上方土层厚度仅为四米，如果核弹出现意外，地下室不可能提供任何有效防御。"死就死在阵地上，埋就埋在火箭旁"，七勇士豪迈宣誓，毅然走进发射控制地下室，王世成下达了发射命令。这次两弹结合试验的成功，标志着我国拥有了真正意义上的核威慑和核打击能力。这位不怕死的勇士，正是大朱的岳父。随后，勇士转战西昌，率领战友们开始新的拼搏奋斗。从劈山开路，树起发射塔，到建成指挥控制中心，历尽艰辛。有许许多多的官兵、科技工作者为之奉献了青春年华，甚至生命。正是一批又一批基地人不畏艰险、勇于牺牲的无私奉献，才创造出中国航天史上独有的辉煌。你能说他们不美吗？这样的美，值得我们千万次点赞！

西昌很美，西昌有了卫星发射场更美。

短短的旅程结束了，但西昌的美一直留在心中。

2017年1月19日

东北看雪

　　多年来一直想到东北去看看大雪，因种种原因而未成行。2017年底，无锡下了一场雪，虽说是近年来无锡较大的雪了，但边下边化，没几天就跟我们再见了，因而又一次勾起了去东北看大雪的念想。于是，约了几位好友，带上六岁的孙儿，避开春节长假的拥挤，于大年初十，从南京飞长春，转至吉林。选择去吉林看雪，是因为吉林位于东北的中心，有代表性，更因为有好友大李——一位资深的滑雪爱好者，他在吉林等我们。

　　下午2点多，我们到达长春龙嘉机场，大李已在出口处等候我们。坐上考斯特车，大李就热情地介绍情况。他调侃说，去年年底东北的雪下得不多，给你们南方抢走了。从车上放眼望去，周边的村庄、田野，确实见不到大片的厚雪，只是在背阴的屋顶、屋后、河滩上还有残雪的存在。这样的雪景，让同来的庄先生很是沮丧，说，看来是我们的运气不好，来东北也看不到大雪。大李笑了，说，不要着急么，你们看到那些残雪为什么没化完吗，它们是在等待下一场雪。大李胸有成竹地说，明天晚上就会下大雪。原来他早就查了天气预报。这让我们的焦急心理安顿了许多。

大李的预报真准。第二天傍晚，果然下雪了。在吉林五天，就下了两场大雪，一场是傍晚下到天明，一场是白天下到晚上。两场大雪，让我们惊喜，也让我们惊讶。让我们感受到了雪神部队威力，也让我们领略到了东北大雪的风采。

东北的雪是豪迈的。东北下雪，洒脱豪放。下雪了，雪神先派小部队探路，然后，主力部队乘着呼呼的北风，浩浩荡荡的来了。它们不是悄无声息的来，而是踏着"沙沙"的步伐急速而来。它们迅速占领了山川、河滩，占领了城市、村庄，还有高速公路、飞机场，乃至吉林市的各个地方，完成了为毛泽东主席《沁园春·雪》的场景实地配图任务。"山舞银蛇，原驰蜡象"，好一派北国风光。据说，雪神是滕文公转世，这位战国时代滕国的贤君，是个硬汉，故有如此豪迈气魄。

东北的雪如同东北的空气：干燥。大朵大朵的雪花落下，蓬蓬松松地堆起，不会自动粘结，比我们做团子的米粉还蓬松。用手抓雪打雪仗，打出去的雪球仍是粉状的。走在蓬松的雪地里，雪花会淹没到小腿。大李说，这样的雪压实后特别适合滑雪，不会结块打滑。嗬，还真让人长知识。东北的雪洁白而通透，它能吸光。白天，在太阳的光照下，白雪更白了，光亮刺眼。晚上，当霓虹灯亮起，白雪会折射出斑斓的色彩。

东北的雪十分诱人。可能是我们很少看到大雪，也可能是我们太喜欢雪了，你无法抵御白雪精灵的诱惑。当我们身临雪境，尽管是寒冬，零下近二十度，仍忍不住亲近它，抓它一把。我们在齐小腿的雪地徜徉，仰面躺在雪地，甚至打滚。长白山林海雪原那皑皑白雪，诱惑着我们驱车四个多小时去看它；松花湖那湖山一体的厚雪，诱惑着我们冒险上山。松花江的雪景更是诱人。我们下榻的宾馆就在松花江边上，只要有点时间，我们就会去江边。松花江正值枯水期，江水浅缓，江滩及裸露的河床被大雪覆盖，雪染的松花江，风采迷人，步步是景。江边雪滩中，一只小船被厚雪覆盖，犹如泊靠雪山边；几条狭长的白雪带将江水隔开，江水如小溪；一排枯叶的冬树倒影入江，倩倩淡雅，好一幅秀气的水墨雪景图。清晨，晨曦下的松花江，雪滩呈鹅黄色，江中笼浮着微微的雾气，宛若仙景。傍晚，晚霞映红了天空，映红了松花江水，将江中的雪礁和江边的雪滩染成微紫，美不胜收，令人流连忘返。雪神不愧当过贤君，眷顾人间元宵节，正月十五不下雪。华灯初上，天空晴朗，一轮明月挂在树梢雪枝上，江滩雪地银色莹莹，含月江水流淌潺潺，一派祥和景象。此景只应天上有，人间能得几回看，赏月之人如入天堂。

东北的雪不仅仅是诱人可爱，它还有另一面，那就是霸气。它的霸气是雪神的豪迈派生的，有时真让人难以接受。它占领高速公路，令汽车绕道；它封住长白山，让我们车到山前无路可走；它封锁飞机场，让长春龙嘉机场几十架飞机停飞，上千旅客滞留。好在勤劳聪明的东北人早就掌握了对付雪神霸气的良策，能在第一时间化解，并且还能化腐朽为神奇，让其服务人民。那一座座滑雪场就是例证。吉林的滑雪场很多，大李带我们参观了青山滑雪场，那也是吉林滑雪队的训练基地。离青山滑雪场还有几公里时，就远远望见滑雪场七八条宽宽的雪道从山上飞流直下，"遥看瀑布挂前川"，十分霸气。山上正在进行单板滑雪平行项目全国冠军赛。大李告诉我们，刚刚在平昌冬奥会获得短道速滑五百米冠军的武大靖，就曾在这里训练，从吉林队冲进国家队的。我们乘缆车参观了滑雪场，让我们大开眼界。我突然明白，有了霸气的大雪，才会有霸气的滑雪场，才能开展霸气的滑雪运动。也许是受东北大雪霸气的感染，我那淘气的孙儿康康，强烈要求去滑雪。大李连赞有勇气，于是为他穿戴好滑雪器具，独自随教练上山了。我们看着他在风雪中跌到爬起，再跌倒再爬起，毫无畏惧。两个多小时的训练，竟然能像模像样滑行起来。我禁不住凑诗一首，给其鼓励："松花湖畔大雪扬，江南小犊不畏寒。青山雪场初历练，跌打滚爬意志刚。"

东北的雪啊，我们记住了你诱人的风采，记住了你的豪迈和霸气。

别了，东北的雪。初次相识，休要怪我认识肤浅，我们还会再相见。

2018 年 3 月 16 日

黔北看遗产

贵州的北部，多山，多水，多酒，还多遗产。近日，老友相伴，赴黔北旅游。组织者王建伟先生精心策划，让我们观赏到了多处世界遗产。那美丽的风光，独特的史料，精彩的故事，让我们记住了黔北世界遗产的风采。

一

黔北之旅的第一站是铜仁市，游览梵净山。梵净山，是武陵山脉的主峰，被誉为"贵州第一山"。梵净山是弥勒佛道场，老金顶寺庙香火旺盛，每年都有大批信徒朝山，是佛教圣地。山峰上变质岩自然形状独特而千奇百怪，如老鹰岩、万卷经书、蘑菇云等，是著名的旅游胜地。2015年我曾到过铜仁，因为是公务出差，路过景区而没游览。转眼间，梵净山申遗成功，于2018年7月2日成为世界自然遗产。梵净山何以申遗成功，真正了解它的价值，已经不能用我们平常看待名山大川的方式，因为它真正出众的不是外形，不是宗教，而是它所孕育的生命。

梵净山的变质岩非常古老，形成于距今约八亿年前。其周边均是碳酸盐岩山体，梵净山如碳酸盐岩海洋中的变质岩孤岛，海拔两千五百多米，至今仍保持着亿万年来的自然生态，山间常年云雾弥漫，生态环境独特，被国外生态学专家誉为生态孤岛。梵净山拥有极为丰富的动植物群，有中国百分之十三的植物种类，近四千种不同的植物物种，三百种动物，三千种昆虫，是世界上最稀有物种的家园。在登山道路两旁的各种植物上，挂有小牌，介绍该植物的名称、特点等，很多植物还真从未见过。这里是黔金丝猴唯一的家园，我们在山上小憩，黔金丝猴会走近来，分享留给它的食物。据考证，亘古以来，当世界上许多物种濒临灭绝时，梵净山曾先后三次助力生灵繁衍存续。成为世界自然遗产，梵净山当之无愧。

二

海龙屯，当今中国乃至亚洲保存最完好的中世纪城堡遗址，2015年7月4日成为贵州省首个世界文化遗产。在它古老的外表下隐藏着一个失落的土司王国，也隐藏着一个神秘家族长达七百二十五年的风雨传奇。我们坐车从遵义出发，不到一小时就到达龙岩山海龙屯。路上，年青的导游小伙，绘声绘色地给我们讲述了海龙屯的故事。遵义，古称播州。公元876年，唐代越洲会稽太守杨端，应唐僖宗诏谕，率四千多杨家兵，赴播州抗击南诏国入侵。两年后，封播州侯，世袭永镇。杨家土司统治了播州七百二十五年，至三十世杨应龙时，已是明朝万历年。明朝改土归流，废除土司制度，杨应龙凭借海龙屯城堡，与朝廷派出的官兵激战一百十四天，在胜利无望之下，燃大火焚烧宫殿，随后自缢身亡。这就是明朝万历著名的"平播之役"。小导游讲的故事，让我们深感海龙屯充满了神秘、神奇，急切地想上山看个究竟。因近中午，我们在山下播州土司旅游城内寻一小铺，用了午餐，然后，乘坐电瓶车进入景区。

海龙屯建于龙岩山上，坐北朝南，四面绝壁，深临溪谷，只有一面设石阶道与外界沟通，应山而建九处关口。"一夫当关，万夫莫开"，在这里足以体现。山顶建有土司行政、生活设施，建有屯兵处、校场坝、老皇宫、新皇宫等建筑。我们从东部登山，经铁柱关入东部军事区，到歇马亭经天梯上飞虎关，再沿龙虎大道、飞龙关，入朝天关，登瞭望楼遗址。因西部尚未开放，我们没有登上山顶，从朝天关返回，经铜柱关下山。我们只是看了东部军事区，但海龙屯城堡的雄伟、坚固、惊险，让我们惊叹不已，真是一关更比一关险。特别是飞虎关，坐落在半山岩口，坐镇天梯之上，关下沟壑深八米。天梯斜长五十多米，通宽四米多，仅三十六步，踏上这反常规的大斜面，极难攀爬。如果在城墙投掷滚木、石块等，均能一砸到底，是冷兵器时代难以逾越的屏障。难怪朝廷八路官兵二十余万人，攻战了一百多天，据说还是买通内应，用了火炮才获胜。

千年往事，不过弹指一挥间。龙虎古道今安在，镇山关口仍雄伟。海龙屯的精彩就在于活化了历史，穿越时空传递着厚重的历史信息。我们不由地感叹，历史淘汰了一切，历史也记住了一切。

三

到赤水市，我们遇见了青年丹霞。

在中国丹霞赤水世界自然遗产展示中心，我们接受了一次难得的丹霞知识科普。原来，丹霞地貌如同人生，也分为青年、壮年、老年。中国丹霞2010年8月2日列入世界遗产名录，由六个遗产地组成，分别是青年早期的贵州赤水，青年期的福建泰宁，壮年早期的湖南山，壮年期的广东丹霞山，老年早期的江西龙虎山和老年期的浙江江郎山。丹霞是一种形成于西太平洋活性大陆边缘断陷盆地极厚沉积物上的地貌景观，主要由红色砂岩和砾岩组成。赤水丹霞遗产地面积近三万公顷，高原的剧烈抬升与流水的强烈下切，造成了地形的巨大反差，发育了最为典型的丹霞阶梯式河谷与最为壮观的丹霞瀑布群，成为青年早期丹霞地貌的代表。赤水丹霞旅游区，胜境如画，有丹霞之冠佛光岩，有楠竹竹海国家森林公园，有桫椤自然保护区。在赤水，我们恰遇雨季，原定去佛光岩看环形丹霞石壁未成，便选择激情奔放的大瀑布和小家碧玉的四洞沟游览。

赤水大瀑布气势雄伟，高七十六米，宽八十米，是世界丹霞地貌上最大的瀑布，与周围美人梳瀑布、蟠龙瀑布、鸡飞崖瀑布等构成一个天然的瀑布公园。与著名的黄果树瀑布相比，高于黄果树主瀑，且水量更充沛。大瀑布势若千人擂鼓，疑似万马捣蹄，雷霆万钧，震彻山谷。据介绍，赤水大瀑布长期隐藏深闺，直到明朝永乐四年，太监谢安奉旨为皇宫采集优质楠木，这才成为闯入圣洁之地初识风采的第一人，因木材无法运出，谢安难回朝廷复命，只得隐居深山野林二十多年。1986年7月19日，中央电视台首次向世界播放发现赤水大瀑布奇观的新闻，这才广为世人所知。

四洞沟虽小，却精致幽雅。赤水人把瀑布说成洞，其依据是《说文解字》中说，"洞者，急流也"。是的，瀑布之水垂直而下，真急流也。四洞，就是一条沟上有四级瀑布。我们冒雨穿过赵朴初先生题名"四洞仙境"的牌楼，进入四洞沟。但见山沟两旁山坡上楠竹成林，在雨中更显翠绿。景区内随处可见桫椤，树冠舒展，大小不一，那可是恐龙时代孑遗的，至今唯一没有进化的木本蕨类植物。四级瀑布各具特色：水帘洞瀑布，瀑布帘后是天然石穴；月亮潭瀑布，"二洞滩形偃月湾"；飞蛙崖瀑布，瀑布崖口的石蛙神似形更似；白龙潭瀑布，"悬空四洞幽且雅"。四洞沟不虚仙境之名。

看着赤水丹霞大小各式瀑布，引发了同行的原宜兴市老领导王中苏先生的宜兴情结，他不由自主地感慨：宜兴竹海如果有一座大瀑布就更漂亮了。

四

黔北还有一项遗产，虽然没有经过联合国什么组织的确认，但我认为，那是国人不能忘记的历史遗产，这就是红军遗产。

我们怀着崇敬的心情，参观了遵义会议旧址、遵义会议纪念馆和红军四渡赤水纪念馆。那里，一段段文字，记载着当年红军的艰苦历程；一幅幅图片，还原着红军英勇奋战的鲜活历史；一件件文物，印证着红军的光辉历程。我们再一次接受了党史军史教育，敬爱敬佩之心油然而生。遵义会议纠正了"左"倾错误，是中共历史上的重大转折。这次会议选举毛泽东为政治局常委，并分工参加军事指挥。

是毛泽东在接下来的中央政治局苟坝会议上，不计个人得失，坚决反对进攻打鼓新场，避免了一场血腥灾难。是毛泽东神奇用兵，指挥三万红军，四渡赤水，把"滇军调出来"，进滇入川，彻底粉碎了国民党几十万重兵围追堵截歼灭红军的计划，创下了毛泽东一生中的"最得意之举"。中国革命从此一步一步走向胜利。

　　黔北看遗产，我们这些耳顺之人，一路上都在议论着所见所闻，抒发着各自的感言，"英雄"所见略同：要敬畏历史，忘记历史就是背叛；要敬畏自然，应爱护保护好养育我们的大自然。

2018 年 11 月 13 日

皖南三记

10月的皖南，秋高气爽，风景如画。我们一行老友，按照去年10月游黄山时的约定，启程皖南自驾游。奔池州、转黄山、到宣城，一周时间的旅程，在尽享山水古韵风光的同时，颇有感慨，特记之。

令人意外的酒店

去石台县牯牛降风景区游览，我们事先在网上预订了牯牛降大酒店的房间，按导航定位驾车前往。但到达目的地时却懵了，导航语音告知，酒店就在附近，就是看不见，找不到。转了一圈，打电话再问清楚才找到路口，这家酒店令人意外地藏在自然山水间。

酒店没有高大的标志性建筑，令人意外。车开在路上，看不到酒店的房屋建筑。在宽阔的涧河岸上，有一条小道的路口，挂着三只红灯笼，去酒店入住，就是从此道口进去。道口旁边立着一块低矮的石碑，刻写上酒店的店名，不注意的话汽车就开过了。石碑虽矮但很秀气，配上红灯笼也很雅。

汽车不能进酒店区域，令人意外。自驾的车只能停放在涧河南岸的停车场内。行李箱由服务员用电瓶车拉着绕道到酒店，客人则要从涧河小桥过河步行到酒店。

酒店区域之大之美，令人意外。酒店区域面积四万多平方米，建筑按自然山水的走向顺势设计建设的。房间有一层别墅区和二层小楼区。这里，没有保安。过小桥进入河边的一道门，迎面所见的是一棵在此生长了四百多年的香樟树，枝繁叶茂，粗壮的主干高大威武，守卫在酒店入口处。这里，有宽大的黑色马路通达酒店各住宿区域，也有小径弯弯通向园林山间。这里，略经打扮的自然山水，美如图画，自然而然成为了我们的摄影创作基地。同行的夫人们如同模特，换服装，摆美姿，抢景头，乐此不疲；负责拍照的先生们则忙前忙后，应接不暇，不知不觉竟然耗时大半天。

晚上，在空气清新、环境幽静的园内走上几大圈，神清气定，安然入睡。清晨，站在房前走廊上，但见前方被云雾围绕的山峰，忽隐忽现，宛若仙境。这些，也都令人意外。

香的臭鳜鱼

20日上午，因为下大雨，没按预定计划去山上的木梨硔古村游览，在酒店休息。中午，导游建议我们去尝尝正宗安徽名菜——臭鳜鱼，我们欣然前往。

也就是这次品尝了正宗的臭鳜鱼，颠覆了我们原来的认知。

导游带我们去的小饭店在黟县郊外的民宅里，古朴素雅。饭店不大，门外有个小园子，可以停车。大门外走廊上挂着一只鸟笼，客人到门口，黑色的八哥会说"你好"，欢迎我们的到来。大门的匾额上写着"徽州味道"，这是饭店的名号。导游告诉我们，饭店老板叫叶新伟，是中国徽菜大师。进了饭店，只见墙上挂了很多叶老板与名人的照片，一面墙上的电视机里正在滚动播放中央电视台《舌尖上的中国》第四集的录像片段，细细一看，正在制作臭鳜鱼的就是照片上的叶老板，一个个子不高的中年汉子。

我们特意点了臭鳜鱼这道名菜，要品尝正宗臭鳜鱼的味道。

开席不一会，随着服务员报着菜名，臭鳜鱼上桌了。尽管大家都很期待要品尝，但谁也不动筷子，都在用观赏的眼光看着这条"名鱼"。其实，盘子里的"名鱼"与我们在无锡吃的臭鳜鱼形象差不多，也是浓油赤酱的。味道怎么样呢？我催促大家抓紧趁热品尝。不尝不知道，尝了就大呼：不臭不臭。我们原来吃的臭鳜鱼，味道是臭的，一如臭豆腐的臭味，以致有很多人因不喜欢这种味道而拒绝吃臭鳜鱼。而这次品尝的臭鳜鱼，口味是"香、嫩、鲜"，完全没有臭味。一条鱼不大，大家只能是尝尝鲜。但大家的感觉是一样的，对这道名菜赞口不绝。

吃完饭出来，在饭店门口恰遇叶新伟老板，他问我们，臭鳜鱼的味道怎么样？我赞美并与他交谈。叶老板告诉我们，制作臭鳜鱼是十分讲究的，除了鱼的新鲜，关键是要把握好发酵的时间和温度，如果发酵时鱼臭了，那是坏了。正宗的臭鳜鱼是鲜嫩的，有一种特殊的酵香，而不是臭。

品尝了正宗的臭鳜鱼，让我们长知识了。

江南诗山

敬亭山，是中国历史文化名山，系宣城文化魂之所在，位于安徽省宣城市区北郊，属黄山支脉，东西绵亘十余里。有大小山峰六十多座，主峰翠云峰，海拔三百多米。敬亭山虽不高，但在此丘陵地带就显得高大挺拔了。站在公园牌坊下远看，敬亭山满目清翠，云漫雾绕，犹如猛虎卧伏。沿步行小道登山，但见林壑幽深，泉水淙淙，显得格外灵秀。自从谢朓的《游敬亭山》和李白的《独坐敬亭山》诗篇传颂后，敬亭山声名鹊起，直追五岳。

历史上还有很多名人如白居易、苏东坡等慕名登临敬亭山，吟诗作赋，绘画写记。在上下山的道路两旁，竖立着很多高大的石块，上面书刻着这些名人的诗篇。在一块浅灰色的大石头上，我看到了陈毅将军的一首诗《由宣城泛湖东下》："敬亭山下橹声柔，雨洒江天似梦游。李谢诗魂今在否？湖光照破万年愁。"那是抗战时期，陈毅率部东进，途经宣城即兴所作，诗人的爱国抱负跃然纸上。

山不在高，有"诗"则名。敬亭山由此成为江南诗山。现在的敬亭山已建设成为国家森林公园，成为人们休闲游览的好去处。

因为李白的诗，敬亭山早已令我向往，这次终于来了。敬亭山不高但诗意浓郁，特别是李白那句"相看两不厌"，令人回味无穷。第二天将是我与夫人红宝石婚的纪念日，我不禁借景抒情，和李白诗一首："敬亭诗意高，红宝染云俏。相看两不厌，只有我含笑。"（"含笑"是我夫人的网名）我拉着夫人的手相向而视，站在李白独坐处楼前，请同伴为我们拍了一张照片，留作纪念！

2021 年 11 月 8 日

走进五当召

　　酷暑夏日去内蒙，目的地是呼伦贝尔大草原。到了包头，接待我们的朋友木子先生说，别急着去草原，我先带你们到五当召去看看。他告诉我们，五当召是著名的藏传佛教胜地，与西藏的布达拉宫、青海的塔尔寺和甘肃的拉卜楞寺齐名。况且，去五当召的道路已修好，一个半小时就能到达。听木子这么一说，我们一下子就有了兴趣。我去过布达拉宫，到过拉卜楞寺，五当召已这么近，当然要去看看。于是，在莜面馆用过午餐，就直奔五当召。

　　去五当召的道路修得不错，路上车辆不多，路况顺畅。即将到达时，但见路边的村子也配合五当召景区作了粉饰。还没到达五当召大门，首先映入眼帘的，是路边一道令人震撼的玛尼墙。墙边的说明清楚地告诉我们，玛尼墙是藏族的传统民间艺术，大多刻有六字箴言、佛像、慧眼等各种吉祥图案。石墙整体由刻有无数个六字箴言的石块堆积而成，高两米，长七十米。石墙上还刻有西方三圣等八尊佛像，石墙后面立有五米高的七十杆胜幢经幡旗。与之相呼应的是左前方山坡上晒着的大型唐卡图案。木子告诉我们，这是内蒙古地区最大的玛尼墙。

　　进入五当召，看到的是一座座层层依山垒砌的白色建筑，依地势面南而建，自上而下，形成雄伟壮观的气势。所有建筑均为梯形楼式结构，上窄下宽，平顶小窗，屋檐部分有一条土红色宽边装饰。还有金色的法轮，红色的柱廊，色彩对比强烈，典型的藏式建筑风格。在阳光的照耀下，光彩夺目，让人叹为观止。

　　我们请了导游，边看边听介绍，对五当召的情况有了点了解，也增长了些许藏传佛教知识。

　　蒙古语"五当"意为柳树，"召"为庙宇之意。五当召，始建于清康熙年间，乾隆十四年（1749）重修，赐汉名广觉寺。第一世活佛罗布桑加拉错以西藏扎什伦布寺为蓝本兴建。因召庙建在五当沟的山坡上，所以称其名五当召。现存的主体建筑有六大殿，三座活佛府和一座安放历代活佛骨灰灵塔的苏波尔盖陵以及四十三栋喇嘛住宿土楼组成，占地三百余亩。五当召是个学问寺，相当于一所宗教大学，有四个扎仓，即学部，分别学习不同的专业。目前有三十多僧人在学。导游介绍说，第一世活佛创建了五当召，于乾隆二十八年（1763）在五当圆寂。后共转世七代，第七代活佛于1955年病故，此后长期无活佛，直到2006年，才寻到第八代活佛。现年轻的第八代活佛还在拉卜楞寺修学，遇有重大活动才回来。看着生机勃勃、香火旺盛的召庙，我不由得疑问；五十一年没有活佛，召庙何以传承至今？带着疑问，边走边看，边听边问，力图寻找答案。我们参观了各大殿及陵、府，粗浅了解了召庙发展过程，也看到了很多珍贵的佛教艺术品，如精美的佛像、色彩艳丽的壁画，还有乾隆御笔"广觉寺"匾额等。近两个小时的参观游览，收获不小，"小布达拉宫"，不虚此名。由于时间关系，加上不了解五当召的规矩而不敢冒昧，没能与召庙内的僧人交谈询问，心中的疑问没有完全解开。

从内蒙古回来，我查阅了相关资料，也没有找到直接的答案，但有些信息颇有价值。一是寺内有高僧。五当召的活佛是清代驻京八大呼图克图（清王朝授予藏族及蒙古族喇嘛教大活佛的称号。凡属此级活佛，均载于理藩院册籍，每代转世必须经中央政府承认和加封）之一，名望和地位都相当之高。第一世活佛学问最深，通达五明，对时轮学（天文、历法、数学和占卜）尤为擅长，清廷封他为"洞科尔·班智达"，即时轮学大学者的意思。康熙五十九年（1720），曾应聘进京参加蒙文《甘珠尔经》的编译工作。二是召庙有文化。五当召不仅是传授佛教文化的学问寺，而且法会甚多，祈福文化丰富。有农历三月二十一的春祭仪式、农历七月二十五的嘛尼转庙法会、"晒大佛开光盛典"等，以满足人们祈福膜拜的心愿。三是蒙古族牧民喜爱藏传佛教。历史上五当召还是享有特权的政教合一的寺院，其历史影响客观存在。牧民信众对佛祖的敬畏和敬意是真诚的，代代相传的。用现代话说，五当召有群众基础。综合五当召的所见所闻和获取的相关信息，心中的疑问应该可解了。

走进五当召，我颇得感慨：有高僧就有名寺，有文化必能传承。这也算是我的收获，不知诸君认可否？

2016 年 8 月 21 日

牛头山的水

　　牛头山，相传为老子的坐骑青牛所化，因而牛头山是道教名山。牛头山作为非著名国家森林公园，位于浙江武义县。海拔一千五百六十米，为浙中之巅。公园两万公顷无人居住区内，奇树异木、峡谷断崖、溪水瀑潭等美不胜收。

　　牛头山最美的风景是神牛谷，让人们流连忘返的是神牛谷的水！牛头山神牛谷的水可分为：湖、潭、溪、瀑、滴。

　　进入牛头山公园步虚门的第一湖，叫浴仙湖。长方形的湖面积不大。水呈深绿色，清澈明亮，倒影入湖，又将湖水染成不同的颜色，五彩斑斓。起名浴仙湖，肯定是说这湖水太美了，是神仙喜爱的地方。第一眼看到浴仙湖水，游人都会发出惊讶的声音，表露出惊喜、喜爱的腔调！

　　紧挨着浴仙湖的是步虚湖，湖的面积是浴仙湖的两倍多。湖边有一只模拟老子坐骑的水泥青牛，意图表现出古老的传说故事，只是这牛做得差了点，没有老子坐骑的神韵。步虚湖如同一面巨大的镜子，将蓝天白云，大树小花，周边的不同色彩都收入其中。

神牛谷中水较深的坑谓之潭，面积大小不一，潭水也是呈深绿色。流淌的溪水将大大小小的深绿色"宝石"串连起来，如同一条天然的巨大翡翠项链，挂在山谷间。神牛谷最大的水潭是祈龙潭，位于七夕桥的下方。你看，一股飞流从七夕桥洞里急速奔腾而下，形成飞瀑，冲入祈龙潭。白龙入潭，瞬间变色，不见踪影。白龙不断冲撞祈龙潭，不让其平静下来，而祈龙潭处变不惊，始终保持着深绿色的本色不变。

神牛谷两旁边的山壁上有许多条瀑布，飞流直下。瀑布随着山壁的不同形态，形成不同的形状，或大或小，或分或合，最终汇入神牛谷溪中。谷溪中因为地势的高低悬落，也会形成许多大小不一的瀑布，欢快地歌唱着奔流而下。当我使用流光快门功能拍摄谷溪中的瀑布时，瀑布霎时变幻成丝丝涓流，别有一种韵味。

神牛谷的溪水无色清澈，长年不断流。当透明清亮的溪水从溪中石块上轻轻淌过，石块如同被玻璃覆盖，看不到水的波影。无色无味，清澈见底，那是牛头山中水的纯真本色！

神牛谷的溪、瀑、潭、湖，源头是神牛谷两面山壁上、草丛中长年渗出的滴水。滴水不断渗出往下滴，形成涓流。涓流沿着山壁山坡往下淌，汇入谷溪。山间滴水是十分神奇的，它湿润山间空气，调节山间温度，滋润山间植被，汇成涓流、细流、瀑流，流出溪谷。山间滴水持续恒久，相吸相拥，汇聚成流，川流不息，汇合成更大的力量，由此走出大山，奔向大海。

神牛谷的水具有独特的美妙神韵。嗖嗖嗖、嗒嗒嗒的滴水声，汩汩汩、哗哗哗的流淌声，轰轰轰、啪啪啪的入潭声，构成了水的交响曲，赏心悦耳。神牛谷是清静的，除了虫鸣鸟啼和水的欢声，没有车马喧嚣，没有人声鼎沸。坐在溪边的御碑亭小憩，聆听着神牛谷的山间音乐，静心清脑，那真是美妙的享受。

2021 年 7 月 16 日

峨眉云海

峨眉胜景是我向往已久的地方，多种原因一直未能到达。今年"五一"长假一过，我们错峰出发，峨眉之旅成行。

峨眉山是我国四大佛教名山之一，是一个很神奇的地方，奇观很多，有金佛、金殿、佛光、日出日落，还有云海。记得去年10月到黄山旅游，奇松、怪石、日落都看到了，唯独未见云海，颇有失落。我知道云海美景可遇不可求，但这次上峨眉山，我仍奢望能看到心仪的云海。

5月9日清晨，我们从峨眉前山的洪雅禅驿·半山院子酒店出发，驱车上山。8时左右到达风景秀丽的峨眉山景区。然后换乘景区中巴车继续前行。一路上景区笼罩在大雾之中。多次来过峨眉山的吴先生告诉我，峨眉山经常是这样的天气，如果山上也是大雾，那么今天上山就看不见峨眉山的美景了。

我们排队进入车厢式缆车。该缆车很大，犹如一辆中巴车车厢，可以站立承载三十多人。缆车上行，大雾中外面什么也看不清，我的心情沉重起来。缆车在缓缓前行，即将到站时，突然缆车穿越出了厚厚浓浓的大雾，哇！豁然开朗。阳光透过窗户，照进车厢，给游客们带来一片惊喜。走出缆车，只见山上阳光明媚。我们沿着步道上山，两旁树木葱茏茂密，高山杜鹃花满山绽放。再往上走，山腰间出现了云雾，一阵一阵地漂移涌动，分不清是雾是云。

我们来到观景休息处，站在观景平台往西眺望，白白的云海连着远方的贡嘎雪山，山上雪峰依稀可见，引发人们的感叹和赞美，争相在美景前拍照留念。吴先生告诉我，今天我们运气好，遇上了好天气，赶快登金顶，那里的景色更美！

登上海拔三千多米的金顶，但见高大的四面十方普贤菩萨金色佛像，在阳光的照耀下金光闪烁。风涌翻滚的云海围绕在金顶四周，我们宛如置身于仙境之中。

我沿着金顶四周俯视难得一见的峨眉云海，内心的激动无法抑制。手机不断地拍摄，记录下这美妙的画面。东海上空的太阳时有白云遮掩，白色的海水连着蓝天和白云，厚厚的软软的白云形成宽阔的海面，平静安详，偶有浪花微溅，我如身临东海之滨。南海中，从金顶延伸出去的小山峰成为半岛，显得那么雄伟壮观。西面的贡嘎雪山，与云海连成一片，贡嘎雪山在阳光的照耀下，显得更加神秘神圣。我来到东南方向的海边，海边的一棵大树被云海追捧着，树冠植于海面，宛如一幅仙幻的水墨作品。

我慢慢地走到树旁，白云伸手可及。回头看看四面十方金色佛像，她正笑视四周云海，一派自豪模样。神奇的云海把峨眉金顶装扮成了人间仙境！陶醉了，我从心底里赞美这惹人喜爱的峨眉云海奇观。

云海，没有海的蔚蓝，没有海的呼啸和惊天动地，但有海的浩瀚，海的胸怀，比海更温柔平静，更具仙气诱人。

正如吴先生所言，今天我们是幸运的，见到了秀美的峨眉云海。"再见了，峨眉云海，我记住了你洁白妩媚的身姿，记住了你那壮阔浩瀚的胸怀！"下山时，我悄悄地对云海说出了心里话。

2021 年 5 月 11 日

重阳登高

  重阳节来临，老友结伴，我们前往安徽黄山、齐云山登高赏秋。因为新冠病毒的肆虐，我们的旅游热情一直被压抑着，现在疫情好转了，终于可以去远方走走了。这是自疫情以来我们第一次出行，成行不易，加上这两座名山是我向往已久从未到达的地方，内心还有点小激动。

  岁岁重阳，今又重阳。今年的重阳与往年不一样，似乎更凸现其古老的本义。因为王维的诗"遥知兄弟登高处，遍插茱萸少一人"，许多人都知道，重阳节要插上茱萸去登高；因为陈志岁的诗"重九江村午宴开，奉觞祝寿菊花醅"，许多人都知道，重阳节要喝菊花酒祝寿。又因为我国法律的规定，大家都知道重阳节就是敬老节。而许多人却不知道，重阳节古老的本义在于避瘟疫。我曾在一份资料上看到这样一个故事：东汉时期，汝南县有个叫恒景的人，他所在的地方突发瘟疫，桓景的父母也因此病死。后恒景到东南山拜仙人费长房为师，学习武艺。恒景勤学苦练降妖青龙剑，艺成高手。一日，费长房说："九月九日瘟魔又要来，你可以回去除害。"并且给了他一包茱萸叶子，一瓶菊花酒，让他带家乡父老登高避祸。九月九日那天，恒景领着妻子儿女、乡亲父老登上了附近的一座山，把茱萸叶分给大家随身带上，这样瘟魔则不敢近身。又把菊花酒倒出来，每人喝上一口，避免染上瘟疫。他和瘟魔搏斗，最后杀死了瘟魔。从此，人们就过起了重阳节，有了重九登高避祸的习俗。这个故事在南朝梁人吴均之《续齐谐记》中有记载。以往，国泰民安，人们只把重阳当作敬老节过，早已忘记重阳登高避瘟疫的古义。而今年的新冠病毒肆虐与历史传说的情形有相似之处，古义就凸显出来了。如此说来，我们这次重阳远行登高，还别有一番含义了。

我们一行十人，乘坐旅游公司的考斯特车，一大早从无锡出发，直奔黄山市。

黄山，"天下第一奇山"名不虚传。上午，我们从前山进山门，经玉屏索道上山，直奔玉屏峰，与"双臂垂迎天下客"的迎客松合影留念。我们有几位虽已到了入景区免门票的年龄，仍不畏山高路险，奋力登攀，尽情释放着积蓄许久的旅游热情。翻过莲花峰，穿越一线天，攀上光明顶，又登临丹霞峰看日落。下山时天已黑，我们虽累但很开心。黄山真的很秀美，迎客松、蒲团松、黑虎松，棵棵妙趣瑰奇；天都峰、鳌鱼峰、莲花峰，峰峰雄伟峻峭。站在华东最高点，海拔一千八百六十四米的莲花峰顶，遥望四方，千峰奇秀，心旷神怡，大有"山登绝顶我为峰"的感觉。我们挥手呼喊，用力跺脚欢庆，一派胜利者的自豪。

齐云山是道教名山，历代修建了道教宫院三十多处，存有碑碣、摩崖石刻数以千计，是百姓朝山祈福的胜地。重阳节当日，我们带着登黄山的后遗症——两腿酸痛，来到齐云山，再次登高。在寿字岩下，南宋理学大师朱熹所题的"寿"字，高九尺九寸，浑厚圆润，十分讨喜，吸引了众多游客摸字沾寿气，纷纷与"寿"字合影，这还真应了重阳之景。齐云山有一座建于明嘉庆三十四年（1555）的古桥，叫"梦真桥"，是百姓寄托"梦想成真"愿望的祈愿福地。在梦真桥上，我们默默地为战胜新冠瘟魔而祈福，祝福我们的国家和百姓平安吉祥。

防疫仗后度重阳，战地黄花分外香。防疫已经取得了决定性胜利，重阳登高已不再是避祸，而是赏秋、欢度。特别值得一提的是，为回馈全国医护人员艰苦战疫的努力，各省出台的医护人员免费游览景区的政策，已在全国施行。与我们一起出行的两名医生，所到景区都享受到了这一得人心的政策，我们都为之高兴。

秋风送爽，今又重阳。祖国大地，不似春光，胜似春光！

2020 年 11 月 2 日

南非、埃及社会治安见闻

2005 年 11 月，我随中国法制新闻代表团访问了南非和埃及，先后在南非的开普敦、约翰内斯堡、比勒陀利亚，埃及的开罗、亚历山大、卢克索等城市考察访问，特别关注了这几个城市的社会治安和综合治理，相关做法值得我们借鉴。

为棚户区通电供水

开普敦是南非共和国最南部的城市，印度洋和大西洋在这里汇合，是南非最大的客运港口，也是南非共和国立法机关所在地（即立法首都）。开普敦风景如画，气候宜人，物产丰富，是宜游宜居的好地方，她吸引了邻省和周边国家如纳米比亚、博茨瓦纳等国家的"移民"大量涌人。这些"移民"没有财产，就地取材搭建棚子栖身。在机场大道旁边的荒地上，搭建着各种各样的小棚子，所用材料也是多种多样的，类似于中国农村修自行车的小棚子。坐在汽车上一眼望去，成千上万的棚户连成一片，形成颇为壮观的棚户区，当地也成为治安管理最难的地区。接待人员说，那是外来流动人员的"违章建筑"，在其他城市也有。在南非律师协会举办的座谈会上，笔者提问，南非政府是如何解决外来流动人口管理问题的。他们回答说这是政府遇到的一个头疼的问题。南非不实行户籍制度，法律规定迁徙自由。这些外来流动人员来了是赶不走的，总得有个栖身的地方，政府放任了这种棚户的存在。政府还出资为棚户区通电通水，分区域安装公用水龙头，为棚户区安装了路灯，使棚户区的居住条件略有改善，同时也改善了社会治安管理秩序。

"ATM 机"的启示

ATM 机是银行自动取款的设备。在南非的约翰内斯堡市，笔者听说，当地人特别是警察把中国商人、游客称为"ATM 机"，意思是搞定中国人就能搞到钱。出现这种现象的原因有三：一是中国人喜欢使用现金，而不喜欢使用信用卡。出国公务、商务或旅游的中国人都带有一只包，包内存放大额或巨额现金，尽管人人警惕性都很高，采取了人包同行的保管措施，但其行为、神色却明显地告诉他人，"我带有大量现钞！"二是中国人喜欢去赌场，甚至认为赌场是最安全的地方，连开会、碰头也去赌场，给他人很有钱的感觉。三是中国人一旦遭抢或遭诈，喜欢用钱消灾，因此，只要对中国人实施敲诈或抢夺、抢劫，往往都很容易得手。目前，在南非出现一种专门向中国人敲诈或打劫的倾向，且案发后难以破案。据接待人员介绍，在约翰内斯堡，近几年已发生二十多起中国出访人员或经商人员被抢劫的案件，其中还有命案，至今只破案三起。国人应该从中吸取教训，学会和喜欢使用信用卡，这样，无论是在国内还是在国外，对于维护社会治安秩序、保护人身安全和财产安全都是十分有益的。

防劫门和安全岗

南非特别是约翰内斯堡地区，治安状况不好已成为事实。在这样的情况下，做好防范工作尤为重要。约翰内斯堡的五洲城地段，人们的主动防范意识很强，防范工作做得很到位。这个地段的饭馆、小超市、票务中心等场所均安装了防劫门（类似于国内用钢管焊接的防盗门）。不用防劫门的场所则配有专职保安，忠于职守地看好大门。代表团用餐的升辉酒店，曾接待过许多国内要员，老板是广东顺德人，在南非开饭店已十多年。他告诉笔者，他的饭店早已采取了防范措施，即使营业，防劫门总是关好的，宁可麻烦些，也要对顾客的安全负责任。因此，十多年来饭店从未发生打劫案。这个理念，符合刑事被害人学说中的"增强被害人防范意识的要求"。从被害人学说的大量研究来看，认识不到遭受犯罪侵害的可能性和忽视了被害预防，是许多人成为犯罪被害人的重要因素。

"STOP"牌替代红绿灯

汽车在南非的公路上行驶，不时会经过十字路口，在公路的左侧（南非的汽车靠左行驶）都会看到一块写着"STOP"（中文为停止的意思）的警示牌，或在地面画一道线，线下写着"STOP"。所有过往的车辆，都会在此停下，看一看路况，然后慢慢通过十字路口。即使是城里，有的地段也如此。在这里，十字路口是没有红绿灯的，简单的 STOP 牌替代了红绿灯，其效果比红绿灯还好：一是安全，无论横向是否有车，先停一下再通过，保证了安全。二是提高通车效率，使用红绿灯装置，其停频的间隔时间是固定的。而使用 STOP 警示，只要横向无车即可通过，减少了停顿时间。三是节约成本，安装和使用红绿灯，增加了费用，而且有时还会"罢工"，使用 STOP 牌警示，不但节约，而且节约的数量还不小。当然，使用 STOP 牌替代红绿灯，必须有两个前提：一是人人有安全意识，二是人人有法制意识。一个小小的创意，可以大大提高交通安全的质量，值得我们借鉴。

旅游警察

埃及有着五千年的文明史，有着丰富的旅游资源。神秘的金字塔、巨大的凯尔奈克神庙和风光秀丽的尼罗河等世界顶级名胜，吸引着各国游客前来观光，旅游业成为埃及的主要产业。但近年来少数狂热的伊斯兰原旨主义者，妄想将埃及变为纯宗教化的伊斯兰国家，他们试图通过扰乱旅游业，袭击和恐吓外国游客，破坏埃及收入的主要来源，达到打击政府、摧毁经济的目的。埃及政府为旅游区、景点、饭店等涉旅的地方专门配备了旅游警察，他们佩带红色臂章，会讲一种或多种外语，全副武装地在旅游景点、博物馆、机场、火车站和码头等地执勤，保障游客安全。开罗和其他城市的涉外酒店，还配备了安检设备，无论内宾外宾，进入酒店均得安检。在埃及，当代表团一行乘坐的旅游大巴一到景点，总会有旅游警察迎上来，维护秩序。当然，小费是不能少的。在埃及，小费的字面意思是"分享财富"，所有的服务都要付费，警察也不例外。在吉萨大金字塔，一名警察主动为笔者照相，并讨要小费。对游客来说，埃及是比较安全的。在埃及期间，从未听说有抢劫案件的发生，其中旅游警察功不可没。

2006 年 3 月

在新西兰观星

　　12月中旬，去新西兰旅游。来到南岛美丽的皇后镇当天，旅行社安排我们晚上参加观星活动。一听说看星星，有人就嘀咕，星星有什么好看的。况且白天下了点小雨，一直是多云，晚上能有晴空吗？有的团友提出，算了，不要去看了。我想，在国内旅游从未有过观星活动，新西兰旅行社组织观星一定有他的特色。同时也好奇，观星活动是如何进行的，很想体验一下。于是，我动员大家一起参加。吃晚饭的时候，导游告诉我们，观星公司说了，晚上天气不错，可以观星。安排我们观星的时间是晚上 10 点 30 分。

　　傍晚时分，天空晴朗起来，晚霞将卓越山山峰染上了金色。8 点左右，我们乘坐缆车，直达鲍勃峰观景台。站在观景台室外露台，可以俯瞰皇后镇的全景。从山上眺望，在晚霞的映照下，蓝色的瓦卡蒂普湖泛出奶白色，与闪着金光的卓越山脉交相辉映。湖湾清新清静，皇后镇一派宁静祥和。在观景台内等待观星的空闲时间，遇到观星导游，一位来自台湾省的小伙子，我好奇地询问观星事宜，他告诉我，这里没有光污染，8 点以后机场已没有航班，晚上天空能见度很好。

观星主要是靠肉眼观察，也有高倍望远镜可帮助，到时我会详细讲解。10点多钟，观星导游将我们全团二十人召集起来，提出了观星注意事项，要求不喧哗，不用手机及其他光源，两位助手给我们每人发了一件棉大衣，跟随观星导游上山至观星平台。

山上一片漆黑，抬眼望天空，感觉星星不多，有的地方还有大块的云团。导游用台湾口音的普通话、慢慢的语速开始讲解。突然，人群中有人喊，快看，那北斗星多亮啊。导游笑了，"拜托，这位朋友，那是金星"。导游慢条斯理地说。"北斗星只能在北半球看到，在南半球是看不到的。"缺乏天文知识，出洋相了。导游轻轻的一句话，说得大家再也不敢乱说了。导游拿着激光笔，继续引导我们观星，红色激光直指星座。也许是我们的眼睛适应了夜空，也许是导游的指点效果好，这时我们突然觉得天空中的星星多起来了，到处都有。导游介绍说，那是南十字座，只能在南半球看到的星座，毛利人就是靠它看方向的。我们新西兰国旗上的四颗星就是南十字座形状。然后又一一指点了猎户座、天蝎座等星座。他还指导我们用高倍望远镜看星云，有大麦哲伦云、小麦哲伦云，让我们长了知识开了眼界。此时的我们成了仰望星空的人，对天穹的深广敬畏起来，"不敢高声语，恐惊天上人"。天空中不时有卫星在移动，有的很亮移动也很快。导游说，现在各国发射的卫星很多，还有太空空间站，所以，看到卫星不稀奇，如果今天能看到流星，你们就幸运了。我们仰头看了很久，直到观星结束，也未能见到流星。尽管如此，在南半球看到了南十字座，我们感觉已经很幸运了。

在皇后镇观星平台没有看到的流星，第二天我们在米佛峡湾看到了，而且是"流星"雨。

米佛峡湾是由一座座冰川切割而形成的，峡湾两边是悬崖峭壁，有两条永久性的大瀑布。我们乘坐大巴去峡湾国家公园时，遭遇了一个多小时的暴雨。好像是老天对我们特别照顾，到达峡湾游客中心时，雨停了，云层逐渐掀开，露出了蓝天。暴雨后的峡湾清新秀气，我们在游轮上看到了峡湾奇观：峡湾两岸峭壁上出现了数以千计条临时瀑布，细细的像一索索白光映在黑绿色峭壁上，又如同一颗颗流星穿过白云，飞流直下，十分壮观，那分明就是场面宏大的"流星"雨么。游轮上的华语解说告诉我们，临时瀑布将在四小时内消失。我们真是太幸运了，如此美景，让我们遇上了。

　　在新西兰还有一次观"星"，那是在溶洞里。在北岛，我们游览了怀托摩萤火虫洞。这是北岛最著名的景点之一，号称是"地面下的银河"。怀托摩溶洞与宜兴善卷洞一样，都是喀斯特地貌形成的，有旱洞，也有水洞，以及千姿百态的钟乳石。不同之处是洞窟比善卷洞小，层次少，且没有灯光。所谓萤火虫，是一个通俗的叫法，其实是类似蚊子的昆虫小真菌蚋的幼虫，形状为小小的蠕虫。为了诱捕食物，其尾端会发出蓝色微光，但不是萤火虫发的光那样闪烁。每条幼虫会吐出粘液下垂呈丝，许多条丝就形成门帘状，以粘捕昆虫为食物。在旱洞中，经导游的指点，我们看到了这种粘液丝门帘，但看不见幼虫。坐上小船进入水洞，在黑暗中行船。水洞中行船与善卷洞朝洞顶撑船的方式不一样。船工靠拉住洞中攀牢的空中绳索前进或后退，那是因为洞顶石面上歇满了幼虫，不能伤害到它们。船前行不远拐弯，就见前方洞顶呈现大片蓝色的微光，有的地方亮些，有的地方暗些，沿着水洞延伸，水面中也呈现出光的倒影，"疑是银河天上来"，"星河一道水中央"，水洞星汉灿烂，如璀璨星空般美丽。如此场景，让我们惊奇，惊得我们谁也不敢出声，只是静静地观赏。虽然我们已经知道那是小真菌蚋幼虫发出的光，却始终看不见幼虫的样子，更让我们感到溶洞星河的神秘。这真是一次神奇的溶洞观"星"。

大自然真是奇妙无穷。新西兰的观星之旅，给我们留下了美好的记忆。

2019 年 12 月 28 日

美丽的塘鹅

　　2019 年 12 月中旬，我们来到美丽的岛国——新西兰旅游，此时新西兰已进入夏季，鲜花盛开，美景如画。从南岛回到北岛奥克兰，即将结束旅程时，导游向我们提出建议，回程飞机是明天晚上的航班，明天用半天时间在市区游览、购物，还有半天机动，可以在酒店休息，也可以选择一个景点去游览，但要自费。他推荐去穆里怀鸟岛看看，并作了介绍。穆里怀鸟岛是《国家地理杂志》评选的地球上三十个最美的景点之一，离奥克兰不远，大约一个小时的车程，值得去看，价格是每人一百元钮币。尽管我们对鸟岛的景点不了解，所谓自费也就是导游的创收，且价格有点贵，但抵不住"地球上最美景点"的诱惑，大家一致意见去鸟岛观光。

　　第二天上午，我们从奥克兰市区出发，一路上，导游对鸟岛作了介绍。鸟岛是一个通俗的说法，确切地说，应该是塘鹅栖息地。塘鹅是一种候鸟，每年 9 月左右从澳大利亚东海岸，飞越塔斯曼海，来到这里，聚集在海边的岩石上做窝、生蛋、孵小鸟。次年的 3—5 月，塘鹅们逐渐飞回澳大利亚。为什么叫"鹅"，是因为它的脚上长着蹼，而其他鸟是没有的。成年塘鹅体重可达五公斤，双翅舒展时最长可达二点五米。导游的介绍让我们先入为主，对塘鹅有了点印象。开车大约一个多小时，我们到达穆里怀海滩。

穆里怀海滩有点奇特，与一般海滩不一样。一边是悬崖，一边是沙滩，其沙粒是黑色的，又称黑沙滩。悬崖是塘鹅栖息地，黑沙滩则是人们玩水、冲浪、玩沙滩帆车的地方。

穆里怀海滩是开放的，不收费。在停车场旁边，有一条不长的步道，直接通往塘鹅栖息地主要区域上方的观景平台，塘鹅栖息地一直延伸到通往海上的两个互相垂直的岛屿上。我们只能在观景平台或者远处观赏、拍照，不能走近打扰塘鹅们。

从观景平台往前、往下看，岛上栖息着密密麻麻的塘鹅，安安静静，有的一动都不动。平台面前和两边的海滩上，也都栖息着成群的塘鹅。这里倒底栖息着多少塘鹅，有人说三千只，我觉得还不止。但这里面积太大了，没办法估计，更没办法细数。

再看它们栖息的场所，秩序井然，间隙很小，距离几乎相同，一只只白色的塘鹅呈趴窝状，横平竖直，在蓝天和大海的背景下，很像奥运会开幕式团体操的画面。我们从平台高处望去，蔚为壮观。这样的场景，让我们惊叹不已，太美了！

我们用相机将镜头拉近，可以看到，除了还在孵蛋的，每只塘鹅身旁都有一只小塘鹅，还不能直立，好像刚孵出没几天，灰白色的绒毛，很娇嫩，很可爱。鸟妈呵护在旁边，一刻也不离开，尽心尽职。

不远处的海面上，有许多塘鹅在飞翔，它们应该是鸟爸，在辛劳地捕鱼，为鸟妈和小塘鹅准备丰盛的美食。

从飞翔的塘鹅身影中，我们看到，塘鹅十分漂亮。它们有着黄色的头像和脸颊，蓝色的眼帘，青灰色的鸟嘴，白色的身体，翅膀的外翼和尾翅是黑色的。飞翔中，它们双翅舒展，显得宽大而修长，矫健的身姿，足以称得上自然界浑然天成的艺术精品。

因为不能近距离接触和观察，先后在三个观赏平台欣赏美景后，我们又到黑沙滩，拍下鸟岛的全景。大家怀着兴奋的心情返程。余兴中，大家边欣赏照片边议论，纷纷赞誉，鸟岛不愧是地球上最美的景点之一，不虚此行。

从新西兰回来，我感觉对塘鹅还不够了解，在塘鹅身上似乎还有未知的秘密。于是我打开电脑，搜索塘鹅的相关资料，科普了塘鹅知识。不学不知道，看了相关资料，竟然使我对塘鹅肃然起敬。塘鹅不仅有着美丽的身姿，还有优秀的品格令人钦佩，值得人类学习。以我之见，塘鹅是值称颂的。

塘鹅是值得称颂的，因为它有坚强的毅力。塘鹅是飞行高手，由于它们的翼展很大，所以它们迎风飞翔的时候，翅膀不需要太多的煽动，就可以在气流中翱翔很久。尽管如此，飞越塔斯曼海还是十分危险的旅途。因为从澳大利亚到新西兰，横跨塔斯曼海的距离是两千七百四十多公里，且中途没有休息之处，必须不吃不眠一口气飞达。要飞多久呢，好像没有标准的答案，有的说七天，有的说要十四天，应该是因鸟而异吧，但两千七百四十公里的距离是实实在在的，是少不了的。如果不能一口气飞达，那将成为海中鱼食。作为候鸟，为了生存，为了繁延后代，每年必须不辞辛劳，夏天从澳大利亚飞到新西兰，交配，生蛋，孵小鸟，冬天再飞回澳大利亚。最艰难的是幼鸟，当它们长到四个月的时候，就要学会飞翔，学会捕食，然后跟随父母们一起飞越塔斯曼海，回到澳大利亚过冬。据资料记载，每年能成功飞越塔斯曼海，回到澳大利亚的幼鸟不超过百分之三十。尽管如此，面对困境，塘鹅们用它坚强的毅力，去飞翔，实现自己的梦想。

有人说，人生太苦了，活得太难了。我想，比比塘鹅的生存条件和它们的坚毅，我们或许可以从中得到一些感悟。

塘鹅是值得称颂的，因为它们有严格的自我管理能力。塘鹅是群居性的，往往是几千只群居在一起，但塘鹅确是一夫一妻制，同时也是小家庭式的生活状态。它们之间是否有领导有管理者，是否有法律有制度，我不得而知，我想也不可能有。从穆里怀栖息地现场看到，它们群居有序，一窝一窝，间隔很近但互不打扰，孵蛋喂食，相安无事，看不到它们争食争地盘斗殴，安安静静过日子。群居的鸟儿能做到这样，足见塘鹅们有严格的自我管理能力，这一点确是值得人们称颂的。

塘鹅是值得称颂的，因为它们还有忠贞的爱情。塘鹅家族实施的是一夫一妻制，每年从澳大利亚飞来的年轻塘鹅，会在鸟岛寻找爱情，结成夫妻，做窝，生蛋。每对塘鹅一年只生一个蛋，然后轮流孵化，孵化期需要四十四天，小塘鹅才能出壳。喂养也是鸟爸鸟妈的共同责任，它们陪伴小塘鹅不断长大，再教会它捕食，飞翔。之后，幼鸟会摆脱成年鸟的庇护，独立起来，然后会跟随鸟群飞回澳大利亚。成婚后的塘鹅对爱情是忠贞不渝的，它们的词典里没有"出规"两字，"永不出规"是塘鹅的美称。一旦一方发生意外，另一方也不会再婚，甚至会绝食殉情。如果幸运的话，一对塘鹅可以终身相守三十年。

美丽的塘鹅，我记住了你矫健的雄姿和优秀的品格。

2020 年 1 月 2 日

东欧旅记

气候温和的 5 月，到东欧旅行，欣赏了域外风情，也品尝了国外美食，所见所闻，颇有感慨。特记录之，与各位看官分享。

克鲁姆洛夫小镇

从捷克首都布拉格出发，坐车两个多小时，到达著名的旅游胜地、被联合国教科文组织列为世界文化遗产的克鲁姆洛夫小镇，又称为 CK 小镇。小镇于 13 世纪因处于一条重要的贸易通道上而逐渐繁盛，大部分建筑建于 14 世纪至 17 世纪，多为哥特式和巴洛克式风格。小镇先后被三大家族统治或控制，所幸的是五个多世纪以来平安地发展，建筑遗风被原封不动地保留了下来，成为欧洲中世纪古城的典范。

克鲁姆洛夫镇虽小，却天然精致的美。优美的自然环境和人文景观完美结合，让人兴奋、惊喜。进入小镇，迎面所见的是伏尔塔瓦河，河道弯弯绕镇流淌，清清静静。沿着河边漫步，沿途美景如油画般地展示在人们面前，真是一步一景，步步是景。山坡城堡，教堂尖顶，圆柱塔楼，红瓦白墙与黑瓦黄墙交错的民居，蓝天、白云、小桥、绿树，融为一体，交相生辉。人在镇上走，如在画中游，人们争相在美景中留下倩影。

小镇的街巷十分干净，街面古老的石块已磨出光亮。中心广场是这里的政治生活中心，政府机构和警察所都在这里。尽管没有看到警察，但小镇秩序井然。街上的小店装潢各有特色，经商很文明，没有人拉客，也没有人在门前设摊大声吆喝招客，一切都是在清静文明中进行。在城堡里，在街道上，会碰到吹拉弹唱的街头艺人，他们的音乐给小镇增加了几分精采。镇上有许多卖纪念品的特色小店铺，有的店员还会讲简单中文。走累了可以在伏尔塔瓦河边的小餐厅小吃铺或咖啡屋歇息，吃点小吃，喝点咖啡。登上山顶城堡，可览小镇全貌。城堡的围墙很高，在城墙上可以俯瞰整个克鲁姆洛夫内城。从城堡围墙一个个小窗口望去，就是一幅幅水彩画。我们是慕名而来，一路赞叹而回。

小镇何以得到游客的青睐，成为旅游目的地，吸引世界各地游客前来观光旅游，除了小镇的悠久历史不可复制外，其他给我们的启示是可以借鉴的。我以为启示有三条，就是良好环境，优美风景，深沉意境。环境包括地理环境、人居环境和人文环境。环境良好才能让人们愉悦，可以说没有环境就没有旅游。当然，环境是可以打造和改善的。风景十分重要。一个旅游胜地，没有如画的风景，游客怎么会有兴致呢？在当前人人都有手机，人人都是摄影师的社会，打造人在画中游的风景，是优质旅游的重要环节。意境是更深层次的内容，是指一种令人感受领悟、意味无穷的境界。意境虽然难以用言语表达，但每个人都能从中有所领悟。游览结束，游客们热议收获，争相表白自我感受和赞美，这才是旅游应该达到的意境。当然，还需要一个好的导游，能给以引领般讲解，这也是达到深沉意境的必要条件。当前，国内正在大力推进特色小镇建设，克鲁姆洛夫小镇带给我们的启示，或许可以借鉴。

利沃夫烤排

乌克兰的旅游城市利沃夫，是著名的历史文化名城，1998年被联合国教科文组织列入世界遗产名录。咖啡、巧克力在此很有名气，人们来此争相品尝。但很多人不知道，利沃夫还有一项美食，是其他地方没有的，让人吃了还想再来吃，那就是烤猪排。两年前，我来过这里，品尝过这里的烤猪排，回味无穷。这次来我把此美食介绍给旅友，大家都想吃，于是，转到老城区，找到了烤排餐馆。

餐馆开在老城兵器博物馆的地下区域，门前是一段下坡路，走下近一层才能进人。每天这里门庭若市，人们从各地赶来，就为了尝尝这里的烤猪排。餐馆不接受预订，凡来的食客，必须排队等候。我们排了近一个小时队，才轮到进入餐馆。餐厅不大，大约七百多平方米，里面摆满了长条餐桌，很是热闹，有人吃高兴了，还在击桌歌唱。进入餐馆，有了餐桌，还得等，因为猪排是现烤现吃的，要等烤出来。由于商业秘密，我无法了解到这里每天的消费量，给我们当导游的中国留学博士郭先生，在利沃夫也开个小餐馆，比较了解情况，他告诉我们，这里的烤排材质好，采用本地新鲜猪排，经餐馆特殊方法蜜制后再烤，大家都喜欢吃。他还说，这家餐馆是利沃夫所有饭店销售量最大的。

进入餐馆大门，首先看到的是靠在墙边劈成段的木柴，一箱箱的排放着。迎面所见是两只巨大的烤炉，烤炉直径在一点五米左右。炉子上正在烤着整条整条的排骨，每条有一斤多重。烤炉在转，烤肉小伙在不停地翻动，让排骨烤得更均匀。木柴火烧得通红，排骨在架子上被烤得滋滋作响，油脂滴淌。柴火香，排骨香，弥漫在整个餐厅，更加勾起人们的食欲。在餐厅吃烤排，没有餐具，一律用手抓，用纸垫，纸围脖。男士用排骨图形围脖，女士用双乳图形的。餐厅服务员无论男女，腰间都佩带锋利小斧，排骨上桌，抡起小斧几下就斫好，每条斫成十五至十六块，大小匀称。前年来吃排骨，每条价格相当于十八元人民币，这次涨了，每条价格相当于四十元人民币。排骨斫好了，等了好久的我们终于可以动手动嘴开吃了。两块排骨下肚，大家赞声一片。是啊，烤排骨外焦里嫩，咸淡适宜，不油不腻，鲜美可口，就着啤酒，饮料，吃个痛快，最多的一位吃了二十六块。最后，来份烤饼当主食，来份生蔬水果清清嘴。

从烤排餐馆出来，一路上议论不断，赞美不绝。有位长者说，这是我吃过的最好吃的排骨，美味难忘。大家不由联想起曾是无锡引以为傲的酱排骨，现在已很少人问津了。同样是排骨，市场命运不一样。无锡能否从此例中借鉴点什么呢？

明斯克围墙

明斯克，白俄罗斯的首都，是1991年苏联宣布解体的地方。飞机抵达明斯克，一进机场，所见各处均有中文指示，入境、提取行李十分方便，感觉很温暖。从机场出来，大路两旁也是浓浓的中国味，红旗红灯笼及中文标识到处可见。原来，附近就是占地九十多平方公里的中白工业园，今年已升格为白俄罗斯境内首个区域经济特区。我们在园区华商商务中心食堂用了午餐，然后去明斯克市区观光。

明斯克在二战时期伤痕累累，几乎被夷为平地。整个城市是在战后废墟上重建的。我们坐车在明斯克城内观光，从独立大道到胜利大道，但见马路两边的楼房都差不多高，七八层的样子，楼房周边均为绿地，有的地方紧连森林，生态很美。看着看着，我突然发现，所见楼房包括议会大楼、政府办公楼、纪念馆、博物馆等都没有围墙。我问导游，导游说，你说对了。明斯克有公园、广场，有著名的斯大林防线，有中世纪城堡，还有总统卢卡申科在 2010 年宣布的限制出口的"国家战略资源"白俄罗斯美女，但明斯克城里没有围墙。路经白俄罗斯国家安全机关大楼时，导游指着说，克格勃（白俄罗斯至今仍使用这个称谓）大楼也没有围墙，但你们不能走近拍照，不然，一定会有人来制止你，甚至会处罚。明斯克无围墙，引起了我的关注，余下的时间，我留心作了观察，还特意到市区居民区看了看。在明斯克，郊外农村民居会有简易围墙或绿篱作围挡，在城区真的没看到围墙。无论是办公大楼、大学、马戏院、还是商店、酒店，教堂，都没有围墙，居民住宅区，也不是所谓小区，家家没有围墙。唯一所见的是我们入住酒店不远处，有一小块墓地，是用矮小围墙围住的。所有建筑都是与绿地、与自然生态直接相连通的。

城市不用围墙，说明什么呢？以我管见，至少说明三点：一是城市规划建设和管理的水准高；二是城市的文明程度高；三是城市社会治安秩序好。城市不用围墙，扩大了城市空间，节省了建设成本，同时，强化了人与自然的直接融合，多好的事啊！你们认为呢？

2019 年 5 月 31 日

俄罗斯游记

夏至时节，我们一群退休的老同志相约组团，赴俄罗斯旅游。选择去俄罗斯，那是因为我们都有着浓浓的苏联情结，是为了寻访心中的苏联印记。

苏联，是社会主义阵营的老大哥，在我们心目中曾经形象高大。"十月革命一声炮响，给我们送来了马克思列宁主义"。苏共与中共，苏联与中国，在历史上有着割不断的渊源。我们六十多岁的一代人，也是听着苏联的歌长大、学着苏联的样做事的。当然，也看到了苏共在一夜之间解散、苏联在瞬间解体的悲局。到苏联去看看，是我们这一代人都曾有的心愿。因为众所周知的原因，在职在岗时未能实现。而今退休了，有条件了，尽管苏联已不存在，我们仍要了却这个心愿。

七天之旅，我们选定圣彼得堡和莫斯科两座城市。俄罗斯航空公司的班机，从上海浦东国际机场送我们直达莫斯科，及时转机后，当天晚上抵达圣彼得堡。

圣彼得堡是十月革命印记重地，让我们感到兴奋的是"阿芙乐尔"号巡洋舰和冬宫。兴奋源自小时候看过无数遍的电影《列宁在十月》。

革命者高喊着"占领冬宫"的口号冲进冬宫的镜头，记忆太深刻了。"阿芙乐尔"号巡洋舰静静地停靠在美丽的涅瓦河岸边，早已是供人们参观的文物，它没有我想象得那么高大，但却让人浮想连连。十月革命的第一声炮响，就是从这里发出的。当年，按照列宁的指示，革命者以在圣彼得堡罗要塞棱堡的旗杆上悬挂着一盏明灯为号，命令巡洋舰"阿芙乐尔"号炮轰冬宫，从而掀起了起义怒潮。由此，"阿芙乐尔"号成为十月革命的重要功臣。冬宫坐落在圣彼得堡宫殿广场上，后面紧靠涅瓦河，原是俄国沙皇的皇宫。三层封闭式长方形建筑，围成大院，类似一个大型的四合院。冬宫整体造型优美，色彩绚丽明快，十月革命后成为博物馆。我曾看过一个资料，电影《列宁在十月》送审后，在即将全国公映时，斯大林发表了意见，要求影片添加占领冬宫的场景，以增加感染力。于是，冬宫为其开放，在原地拍摄了占领冬宫的宏伟场面。在冬宫博物馆的艺术长廊中，我们有序参观，当来到通往象征沙皇权威的圣乔治厅那不算宽大的台阶式通道时，导游介绍说，当年，占领冬宫就是从这里冲上来的。此时，我仿佛置身实景，看到了当年革命军高喊"占领冬宫"的口号，冲进冬宫，推翻了沙皇亚历山大三世。

　　莫斯科红场是苏联的红色经典。我们多次听过红场的故事，看过红场阅兵式报导，今天终于来到了这备感神圣的地方。导游提前告诉我们，红场很小，让我们有心理准备。到了红场一看，果真是小，并且小得超乎我们的想象。整个红场呈平面长方形，面积大约九万平方米，其宽度可能不及北京长安街大道。站在红场北面的国家博物馆望去，克里姆林宫墙、列宁墓、圣瓦西里大教堂、百货商场等，整个红场一览无余。红场虽小，但国际知名度很高。每年5月9日苏联卫国战争胜利日大阅兵，吸引全球关注。红场虽小，却很精致。无论在哪个角度拍照都是美景。我们在红场来来回回观赏、拍照，很好地享受了，心中十分满足。到红场一定要瞻仰列宁墓，这是我的心愿。列宁墓坐落在红场西侧中部，一半在地下，一半露出地面。红色的大理石面与红场、克里姆林宫红墙很协调般配。望着排成长龙的瞻仰队伍，没有一两个小时是轮不到的，而离安排我们参观克里姆林宫的时间只有半个小时了。看来这个心愿这次不会实现了。我赶到入口处了解情况，正巧遇上安保人员在放行一批，将我也放行安检了。幸运啊！我怀着激动的心情，跟上瞻仰队伍，默默地步入地下瞻仰厅。列宁安躺在墓中铺有红色党旗和国旗的水晶棺内，脸和双手均露出衣外，右手握拳，左手半握，灯光下，肤色红润。我恭恭敬敬三鞠躬，向伟大的革命导师致以崇高的敬意。多少年的心愿得以实现。

在克里姆林宫参观，有两大苏联印记，给我们留下了深刻影响。一是克里姆林大会堂。这是苏联时期的建筑，现代派立面与帝国时代的宫楼是完全不同的风格。这里曾经是苏联共产党召开会议的地方，现在除了开会还举行演出。习近平主席访问俄罗斯时，普京总统就在这里为习主席夫妇举行过专场演出。二是克里姆林宫的红星。克里姆林宫最宏伟的五座塔楼，原来装饰有巨大的金色双头鹰，苏联时期，按照斯大林的指示，用巨大的红宝石玻璃五角星，换下了标志着沙俄皇权的双头鹰。红五星还是风向标，会随着风向转动，而且始终保持着闪亮的外观。

在俄罗斯，我一直想买点有苏联印记的纪念品，但不知买什么。在克里姆林宫外排队等待参观时，俄罗斯的小贩仿佛掌握我的心理，用生硬的汉语，向我推销苏联邮票，每册两百元人民币。邮票很精致，大约有三十多张，有普通邮票，也有纪念邮票，其中一张上有列宁头像。这不正是我要的纪念品嘛！我没还价，当即买下，小贩见我爽气，赠我三枚苏联硬币。

苏联政权七十多年，其社会主义建设成就是巨大的，留下的印记也随处可见。我们见到的还有：莫斯科建筑七姐妹、莫斯科地铁、涅瓦河上保通航可开启的十四座大桥等。出发前我们设想的寻访目标均已访见，如愿以偿。一路上我们多次议论苏联，感慨颇多：假如苏共不垮台，苏联没解体，当今世界格局又会是怎样呢？

历史是不能忘记的，历史的教训更应牢牢记取！

2017 年 7 月 15 日

巴尔干旅记

　　旅游是一种生活态度，旅游会使生活更美好。现在，国门管辖放开，出国旅游成为我们迫切想做的事，好友相聚时多次议起。一则巴尔干半岛四国免签出国旅游的广告引起了我的兴趣。塞尔维亚、波黑、黑山、阿尔巴尼亚四国相邻，免签可以省去不少事，且这几个国家对于我们年龄大的人来说，还有点特殊的情感。与好友商讨，立即引起了共鸣，大家都想去看看。经多方了解、咨询，最后大家形成共识，不局限于免签国，增加克罗地亚、斯洛文尼亚两个沿海国家，让这一次的出国旅游更精彩。

　　我们自行组团，都是亲朋好友，二十人一团正好。特别是有三位年轻小友的加入，使我们的旅行团变得年轻了，也更活泼了。

　　5月7日上午10时，从上海浦东机场起飞的前往维也纳的班机，在延误半小时后终于冲入云霄，我们期待许久的巴尔干之旅启程了。

　　经维也纳转机到克罗地亚的萨格勒布机场，飞行近万里，在当地时间下午6点到达（时差六小时）。我们的行程是从萨格勒布到斯洛文尼亚首都卢布尔雅那，沿亚得里亚海往东南走，在阿尔巴尼亚的斯库台市往西北走，经波德戈里察到萨拉热窝，最后到贝尔格莱德，在巴尔干半岛画了一个小圈。全程飞行共计约两万公里，乘坐大巴行程约两千五百公里。

巴尔干半岛拥有悠久的历史和丰富的文化，行走在巴尔干大地上，我们随时都能感受到别样的风情，也感悟到岁月的苍老、时光的曼妙。从首都到小镇，从海边到大山，古堡、教堂、电影里的老桥、古街，还有那需乘坐小火车观光的溶洞、海边长城、世界第一索道等景观，无不给我们留下深刻的印象。

古老而神秘的巴尔干地区，每天都让我们有新的惊喜。尽管团友间兴趣爱好有不同，年龄也大小不一，但身临异国风情，徜徉在山水美景间，在欢乐的笑声中都收获到了美好心情。特别是我们来到曾风靡中国的前南斯拉夫电影《桥》的拍摄地，著名的塔拉河峡谷大桥，唱着《啊！朋友再见！》，手拉手走过大桥，我们的心情快乐到了沸点。

巴尔干半岛是人类文明较早的发祥地之一，还是国际关系中复杂、多事的地区，素有"火药库"之称。宗教文化的激烈冲突、国家的解体、制度的变更等社会动荡，让人捉摸不透。对巴尔干的了解，纸上得来终觉浅。在古老的街区，在众多的世界遗产地，在曾经的战火纷飞街头，我们对这些历史就有了直观的感觉，对巴尔干也有了更深刻的认识。旅行团里有位资深的老友，边行边思，不断将体会发表在旅游群内，帮助大家理解，也提升了旅行的品位。

旅行中我们还收获了友谊。我们全团亲如一家人，大家相互关心，相互照顾，一锅粥分着吃，一瓶水让着喝。见到美景主动为他人拍照，上厕所抢着为他人付费。我们为两位"寿星"在亚得里亚海游艇上庆生狂欢，献上良好的生日祝福。我们为身体不适的团友担心，尽力帮忙，努力为之减轻症状。有位哲人说过，看一个人的人品如何，一起旅行就知道。我们用自己的行为证明了我们良好的人品和友谊。

"天若有情天亦老，人间正道是沧桑"。面对当前嘈杂的国际形势，巴尔干之行让我们清醒地认识到，历史是不能忘记的。拉丁桥畔，第一次世界大战的导火索在此点燃，站在桥边，我们仿佛还能闻到战争的硝烟。当我们在杜布罗夫尼克市撒尔德山顶捡到弹片、在萨拉热窝街头看到弹痕时，我们清楚，战争离我们并不遥远。我们在中国驻前南联盟大使馆遗址前举行纪念活动，在愤怒的同时，我们明白，国家只有更强大，才能不让历史悲剧重演。人们渴望和平，但和平是要靠强大实力保障的，这是我们巴尔干之行最强烈的感悟。

2024 年 6 月 12 日

老梅的民宿

当下的旅游，无论是在国内还是去国外，宾馆饭店里浮躁的喧闹，电梯的拥挤，团餐的乏味，都是让游客闹心的。而我们这次乌克兰之旅的古城堡民宿，则别有风情，让我们逃离喧闹，清静安心，享受了旅游的快乐。

从乌克兰首都基辅乘坐火车，行程五个多小时，于晚上 11 时（国内已是凌晨 4 时）许到达世界历史文化名城利沃夫。开车来接站的是老梅和他的侄儿。老梅个子不高，白头发白胡子，面善。他两眼有神，动作不紧不慢，右腿有疾，走路微颠，是我们预订民宿的主人。老梅开车绕过城区向西大约二十分钟，到达我们的民宿地。老梅按动遥控器，打开院子大门，星光中，一座古城堡建筑出现在我们面前，让我们感到神秘和好奇。正当我们四处张望时，老梅招呼我们去烧烤亭，行李由其侄子搬运。

烧烤亭就在餐厨木屋的右面，四方型，钢铁架子瓦顶，四周通透，石台中央为烧烤盆，四边可坐人。老梅抱来木柴，先将一张报纸揉好放中间，将细小木柴靠上，再靠大柴，然后靠粗木柴，竖成火炬状。

老梅点燃报纸，火势顿起，一下子激起我们的兴奋点，驱散了车顿疲劳。我们纷纷拿手机拍照，与老梅合影。老梅告诉我们，这是要用烧成的木碳烤猪肉。当他侄儿开始烤肉时，老梅邀我们到小木屋餐厅入座，他与夫人已准备好了丰盛的晚餐。

自制的果子酒，果子饮料，腌小黄瓜。还有蔬菜沙拉，各色面包、果酱，乳白色如猪油的蜂蜜、紫酱色蜂蜜等。我们边吃边聊，老梅也不时坐下来陪喝两盅。用餐的碗碟都是地产的粗陶，而刀叉很漂亮，每把刀叉的柄是老梅用鹿角亲手镶制成的，很是精致。烤肉好了，每人一串，每串四块肉，可能有一两多。老梅告诉我们，这是今天早上宰的猪，买的猪脖子上的肉，散了些盐，保持新鲜。肉烤得外焦里嫩，酥香可口。尽管我已吃得差不多了，但还是刀叉并用，享受了三块烤肉。第一顿晚餐，就让我们感受到了老梅的热情和他私房菜的美味。

清晨，在叽叽喳喳的鸟声中醒来。我下楼来到院子里，同伴们还在睡觉，老梅也没见，可能出去办事了。我独自在院子里打量老梅的城堡建筑。城堡坐落在利沃夫西郊的山坡下，占地有七到八亩。主楼四层，局部五层，建筑面积大约三千多平米。客房有十多间。其建筑风格是仿古。宽厚的石块垒墙，坚固宏伟，小窗户、尖顶、屋顶错落有致。外观漂亮的这座城堡，已经建成二十多年了。虽说是仿古的，我们都说成古城堡，也很顺口。主楼南是院子，右边是餐厨木屋，是当年法国人留下来的，1887年的建筑。左前方池塘南的木屋也是老建筑，是法国人的马厩，老梅用来堆放杂物，兼作铁匠铺。大门和两边围墙是厚木板做的，沿围墙是一排笔直的柏树，已有五米多高。院子很大，除了小池塘和停车场地，均为绿地。院中靠山坡的松树柏树，粗大高耸，应该有百年之龄了。整个院落给人以山间古堡清新悠闲之感。 我从一层半的门厅到五楼，走了一遍，满目古堡的装饰风格。门厅不大，正面挂着一个很大的鹿头标本，鹿头下的柜几架上横放着一把指挥刀，往前的圆拱门两边的矮柜上各摆一座老式天平。左面墙上贴挂一张牛皮，三把铁斧，靠墙矮柜上摆放了三台老式天平。在暗淡的光线下，显得有些神秘。右面上楼，在楼层过道墙上，有的挂鹿角鹿蹄，有的挂兽皮。二楼过道的顶角一只展翅雄鹰标本，好像要扑过来。有客厅的房间均摆放有老式天平。二楼的大餐厅有壁炉，鹿角做吊灯，鹿皮配铁斧，野劲十足。楼内所有门窗、壁灯和墙头挂件，都是老梅自做各式铁件装饰的，既牢固又美观，古色古香，耐人寻味，犹如进入狩猎时代。

在古城堡住了三天，有留学生郭博士的帮助，我们对老梅和他的民宿有了些许了解。老梅是利沃夫本地人，音译全名梅海洛，今年六十四岁，曾经是优秀的建筑师。有两个儿子，其中一个是律师，均分开过日子。老梅的古城堡是他亲自设计并主持建造的，用了七年多时间才建成。其中许多活特别是装饰，是他亲手做的，体现了他的聪明才智和勤劳。老梅能干事，除了建筑，还能做本地风味的私房菜。一条鱼经他做熟，剥皮去骨，复上鱼皮，又成鱼形，鱼肉鲜嫩可口。在烧烤桌挂一吊锅，放上野蘑菇、胡萝卜、本地香草等，做成一锅汤，让我们每人喝了直叫好。老梅不只是热情，还很幽默。当我向老梅提出要买他的鹿柄刀叉时，他一本正经地说，哦，那是不卖的，停顿一下又笑着说，你可悄悄拿走。老梅诚信厚道。他开民宿不贪利，也不随便拉客，必须是熟人介绍才行。我们这次入住，是同行的艺术家觉海先生联系的，觉海的好友国立美术学院院长与老梅相识，觉海也曾来住过两次，故已是熟人。他每次只接待一批客人，保持家中秩序不乱。客人有要求，他也尽力满足。我们入住的第二天，恰是觉海先生生日，他竟然做出巧克力蛋糕，还有饺子。我们想吃泡饭，他也能做出米饭，让我们用开水冲成泡饭。就这样，古城堡的主人，连同他的城堡让我们记住。

古城堡民宿，山风拂面，清新舒心。早晨，可沿山间小路行走，微笑的山花一路相伴；傍晚，可在院内自由散步，也可仰望星空，思绪万千。有闲煮茶读书，交流牌艺。这样的旅宿，轻松惬意快乐，还旅游之本意。

离开古城堡那天清晨，吟诗一首，抒发我此行的感慨：

> 山间古城堡，桌上烤肉香。
> 挚友把酒欢，杯杯情谊长。
> 心闲气自定，夜来甜梦香。
> 清晨诗意浓，老茶煮文章。

2017 年 8 月 5 日

雄险剑门关

从小就知道"一夫当关，万夫莫开"的成语，也读过李白的《蜀道难》，知道"蜀道难，难于上青天"，其诗中描述的"剑阁峥嵘而崔嵬"，指的就是剑门关。早就有到剑门关一探雄险的愿望，今天终于实现了。

9月中旬，一个气温宜人的日子，我们一群"70"后，跨进了剑门关景区的大门。

剑门关，位于四川省广元市剑阁县城南十五公里处。在剑门山中断处，两旁断崖峭壁，直入云霄，峰峦倚天似剑；绝崖断离，两壁相对，其状似门，故称"剑门"，享有"剑门天下险"之誉。剑门关隘口垂直高度近三百米，底部最窄处仅五十米，是自然天成的天下第一关隘。

在景区广场右边，竖立着一面巨大的石碑，乃是剑门关景区开发重建记。从碑记可知，剑门关景区长期以来有景无区，有文无形。剑阁县于2009年2月开工建设剑门关主景区，突出"三国蜀道雄关"主题，整合、投入资金三亿五千万元，于2010年4月竣工，正式对外开放。

在景区出入口验票处，有告示称：只要能全文背诵《蜀道难》，就可免门票入园，这也算是一种文化激励吧。

　　进入景区上山，导游告诉我们有三条道可选，一是鸟道，"西当太白有鸟道，可以横绝峨眉巅"。二是猿猱道，"黄鹤之飞尚不得过，猿猱欲度愁攀援"。鸟道与猿猱道的出处均来自李白的诗句。第三是索道，分两段上行。导游考虑我们都是七十多岁的老人，建议坐索道上山，此建议正合我们之意。

　　三国时期，蜀国丞相诸葛亮率军伐魏，路经大剑山，见山势险峻，便令军士凿山岩，架飞梁，搭栈道，助其六出祁山，北伐曹魏。虽然这古栈道早已湮没于历史的长河，但如今，在这些壁立的山峰之上，又重建起了险峻的盘山栈道，供游人登山观景。我们沿新修的剑门木栈道上山乘索道缆车。

　　在去缆车站的途中可以仰望鸟道和猿猱道，道中小心翼翼缓行的人们，如蚂蚁一般。悬崖绝壁上的鸟道是有锁链保护的，最狭窄处只有三四十公分宽，场景确实很震撼。猿猱道位于绝壁上蜿蜒，全长四百四十米，离地高差五百余米，呈"之"字形沿悬岩缝而上。走在猿猱道上，需要手脚并用，奋力向上，才能到达终点，享受到"胆战心惊"的刺激。

　　我们乘 2 号缆车到达大剑山主峰上，迎面所见的是悬空玻璃景观平台。一旁的文字介绍告诉我们，景观平台平面层采用高强多层叠合玻璃铺面，距崖底高约一百五十米，桥面设计宽度为三米，桥梁净跨约二十米，游客行走其上，可高空俯瞰剑门关景区的雄、奇、险、秀。那天因天气原因，视线不好，剑门风光难以看清。

　　从悬空玻璃景观平台往左上方走一小段路，就到了古梁山寺。再乘索道下行至栈道，一路往下走，可见多景。如"一线天"、石笋峰、姜维神像等景观。

终于可以看到雄伟的剑门关关楼了，这是景区标志性建筑。

当年诸葛亮在此修筑关楼成为军事要塞。剑门关之所以被称为天下雄关，不仅因为它的地理位置险要，更难得的是，它在冷兵器时代的上百次战争中从未被正面攻破，"一夫当关，万夫莫开"绝非浪得虚名。历史上剑门关楼屡遭破坏，又多次重建。"5·12"特大地震使关楼严重受损，现在的关楼是仿照明代关楼震后重建的。

从大剑山峰索道下来，沿着栈道往下走，一条深涧横在面前，跨上摇摆晃晃的雷鸣索桥，越过深涧，左转就到了登关楼的大道。抬头仰望雄伟的关楼，坐落在险峻的大小剑山中间，犹如当年姜维大将坐镇隘口，威风凛凛，挡住去路。要想过关楼，爬上陡峭的百十多台阶再说。不服老不行啊，这段台阶爬得我气喘吁吁，已无心再登上关楼观景了。

从剑门关楼的"蜀国古战场"穿越出来，回望雄险的剑门关，脑海中浮出许多感慨。我在想，在冷兵器时代，剑门关是多么的重要啊！尽管如今的剑门关已无关卡作用，但其象征意义和现实意义仍在。在物欲横流的当下，如果每个人的心中都筑起一道"剑门关"，防贪防诈防邪毒，那么，社会就会变得更加安宁。

剑门关之所见所闻和亲身体验，让我真切感受到了"蜀道难"的意境，也体会到了"一夫当关，万夫莫开"的雄险！

剑门关，不虚此行！

2023 年 10 月 10 日

刺桐花开

　　正月里，泉州的刺桐花开了。在泉州的省广播电视传输发射中心的大院里，还没长出树叶的刺桐树枝上，盛开着一簇一簇的刺桐花，如同一把把小火炬，红火绚丽。在泉州海外交通史博物馆的园子里，刺桐树花开正盛，绿色的叶芽刚冒头，远远望去，就像是树上挂着一串串的小鞭炮，十分喜庆。

　　刺桐原产于印度和大洋洲的乔木植物，是从海上丝绸之路引入泉州的。早在中世纪，泉州因刺桐花盛又称刺桐城，驰名海内外。现在，刺桐花是泉州的市花，寓意红红火火，繁荣昌盛。我们都是第一次见到刺桐花，大家还真有点小兴奋。

　　泉州是海上丝绸之路的起点，世界文化遗产城市，有着丰富的历史文化遗产。春节期间，我们慕名探访。在一千七百多年岁月的涵养里，前人留存下来的心血与智慧，沉淀成了泉州这座城市的文化底色，润物细无声地影响着后人。泉州深厚的历史文化，如同火红的刺桐花，浓郁绚丽，具有很强的冲击力、感染力。在刺桐城，我们的心灵也因此受到了一次次震颤、涤荡和滋养，这是出发前没有想到的。

走在步行西街上，一幅挂在茶馆门口白色的布幌引起了我的注意。布幌上写着两行大字：此地古称佛国，满街都是圣人。什么意思？是广告词吗？我不解，但好奇，心想这一定是有出处的。果不然，在开元寺大殿前的柱子上，见到了同样内容的木刻对联，细瞧，原来是南宋理学家朱熹撰联弘一法师书写。当地的朋友告诉我们，当年朱熹来泉州，见此地寺庙众多，民风虔诚，人文昌盛，即写下了此联，表达了赞誉之情。后来，弘一法师到开元寺，重书了此联。此联从宋代流传至今，可谓妇孺皆知，如此文化氛围，泉州人怎能不见贤思齐呢。就连我们这些外地游客，来到"满街都是圣人"的地方，精神也会为之一振，默默地规范好自己的行为举止。

　　博物馆是一座城市的灵魂，装满过去，驶向未来。在泉州华侨历史博物馆，我见到了时年九十岁的老华侨沈慕羽先生写的一幅对联："心作良田耕不尽，善为至宝用无穷。"字迹工整，苍劲有力。对展品如数家珍的馆长告诉我们，这幅书法作品是从海外老华侨家中征集到的，所书对联是句格言，作者是晚清福建教育家史襄哉。此格言代表了泉州的家风文化，在泉州流传很广，特别是在华侨中影响很深。泉侨们心作良田种善念，虽与故土远隔千山万水，但无论走得多远，心中时刻不忘故国家园。泉侨的善念代代传承，走进新世纪，海外侨亲支持参与"一带一路"建设，奉献一份光与热。华侨历史博物馆展出的"泉州人在南洋""泉籍华侨奉献史"，以详实的史料，充分展示了泉侨的风采和善行。

　　"闻得乡人说刺桐，叶先花发始年丰。我今到此忧民切，只爱青青不爱红。"这是北宋宰相丁谓的《刺桐》诗。历代文人骚客写刺桐的诗很多，以抒情赞美为主。丁谓的诗则写出了忧民之心，这恐怕也是将此诗收展在泉州海外交通史博物馆的原因吧。其实大部分的刺桐都是先开花后长叶，少部分的才花叶同发。花先开还是叶先发，这并不重要，难得的是宰相诗人的忧民之心。绚丽的红花固然美丽，那青青的绿叶才是民生啊。我站在此幅诗作前，连读了好几遍，读得我心生感言：是官员就应该多一点忧民之心。

泉州有两处令人震撼的古建筑，一处是中国现存最高也是最大的开元寺东西双塔。已有一千多年历史的东西双塔，历经风雨侵袭、地震摇撼，仍屹然挺立，成为泉州的地标。另一处是洛阳桥，是我国现存年代最早的跨海梁式大石桥，始建于北宋年间。这两处古建筑是泉州人的骄傲。泉州朋友经常会很认真地说：我们泉州人"站如东西塔，卧像洛阳桥"。意思是做人就像东西双塔、洛阳桥那样堂堂正正，不屈不挠！这是泉州人的精神写照，那种坚强、有毅力，不怕苦敢于拼搏的泉州精神。这种精神一直在激励着泉州人。这也是泉州人特有的志气文化，满满的正能量。这句话，我每听说一次就受到一次震撼，引起我的共鸣，似乎自己也是泉州人了。

"南国清和烟雨辰，刺桐夹道花开新"。泉州这座历史文化名城，世界文化遗产城市，犹如一部历史巨著，博大精深。短短几天的探访，只能算是粗读了几个章节，只有细读精读，才能读懂读通。

刺桐花，我还想再来看你。

刺桐城，我还会再来读你。

2024 年 3 月 1 日